배꼽

배꼽

문 인 수 시 집

창비

차 례

제3부

제1부

꼭지

　독거노인 저 할머니 동사무소 간다. 잔뜩 꼬부라져 달팽이 같다.
　그렇게 고픈 배 접어 감추며
　여생을 핥는지, 참 애터지게 느리게
　골목길 걸어올라간다. 골목길 꼬불꼬불한 끝에 달랑 쪼그리고 앉은 꼭지야,
　걷다가 또 쉬는데
　전봇대 아래 웬 민들레꽃 한 송이
　노랗다. 바닥에, 기억의 끝이

　노랗다.

　젖배 곯아 노랗다. 이년의 꼭지야 그 언제 하늘 꼭대기도 넘어가랴.
　주전자 꼭다리 떨어져나가듯 저, 어느 한점 시간처럼 새 날아간다.

만금이 절창이다

물들기 전에 개펄을 빠져나오는 저 사람들 행렬이 느릿하다.

물밀며 걸어들어간 자국 따라 무겁게 되밀려나오는 시간이다. 하루하루 수장되는 길, 그리 길지 않지만

지상에서 가장 긴 무척추동물 배밀이 같기도 하다. 등짐이 박아넣는 것인지,

뻘이 빨아들이는 것인지 정강이까지 빠지는 침묵. 개펄은 무슨 엄숙한 식장 같다. 어디서 저런,

삶이 몸소 긋는 자심한 선을 보랴. 여인네들…… 여남은 명 누더기누더기 다가온다. 흑백

무성영화처럼 내내 아무런 말, 소리 없다. 최후처럼 쿵,

트럭 옆 땅바닥에다 조갯짐 망태를 부린다. 내동댕이치듯 벗어놓으며 저 할머니, 정색이다.

"죽는 거시 낫겄어야, 참말로" 참말로

늙은 연명이 뱉은 절창이구나, 질펀하게 번지는 만금이다.

중화리

대숲, 대나무들 꼭대기에 까마귀떼가 시꺼멓다.

대나무 우듬지마다 휘청휘청 몸부림치며 날아오르려 하고 까마귀들, 커다란 열매처럼 한사코 주렁주렁 자리 잡으려 한다. 풀리지 않는다. 이거, 도저히 안되겠다 싶은지 까마귀들 제 날개에 붙어 한꺼번에 후다닥 가볍게 떠 날아가고, 대나무들은 또 제 뿌리 쪽으로 붙어 일괄 시퍼렇게 와스스 돌아온다. 에라, 마음 비운 것처럼 어느 명절 끝처럼 결국

만사 해결된 것처럼 고요하다. 이곳 역시 노인들만 사는 마을,

중화리. 없는 것 빼고 컹 컹 컹 컹 컹 다 있다.

서정춘

그가 참 웅크리고 운다.
말똥냄새 파고드는 것처럼 웅크리고
울다가, 마부 아버지 염해드리는 것처럼
꽁꽁 안아들이는 것처럼
웅크리고 울다가, 잤다. 아침 일곱시에 깨,
덜 깬 술에 또 술 들어가니까 참말로
해장이 되는구나. 길고 긴,
질긴 끈 같은 간밤 울음이 도로
죄 풀려나온다. 아코디언, 아코디언 같다.
웅크린 그의 등짝이 지금
가난만큼 최소한으로 준다.

지네
서정춘전(傳)

어머니는 그때 만삭에 가까웠다.
아버지와 어떤 사내가 드잡이를 하고 있었다.
어머니가 한사코 싸움을 말렸는데 그만
누군가의 팔꿈치에 된통 떠받쳐 벌러덩 자빠져버렸다.

나는 태중에서부터 늑골 아래가 아파 몹시 울었다. 세
상에 툭, 떨어지자
냅다 더 큰 소리로 울었다. 잠시도 그치지 않고
새파랗게, 새파랗게 질리며 울었다.
1941년생, 나는 아직도 피고름 짜듯 가끔, 찔끔, 운다.

난 지 삼칠일 만에 늑막염 수술을 받았다.
난 지 두 돌 만에 어머니가 죽었다.
마부 아버지와 형들은 모두 거구였지만 배냇앓이 때문
일까, 젖배를 곯았기 때문일까, "나는 평생
삼단(三短)이다. 체구가 작고, 가방끈이 짧고, 시인 정
아무개의 말처럼

14

'극약 같은 짤막한 시'만 쓴다."

가난이야 뭐 본래대로 바짝 웅크린 채 견디면 된다.

당시엔 당연히 가슴 쪽에 나 있던 수술자국이 이 시각,
왼쪽 등뒤 주걱뼈 한뼘 아래까지 와 있다. 생각건대,
이 징그러운 흉터야말로 몸을 두고 공전하는 기억이지
싶다. 궂은날,
지금도 수천의 잔발로 간질간질간질간질 세밀하게 기
면서
씨부럴,
썩을놈의 슬픔이 또, 온다, 간다.

벽화

벽에, 씨멘트 반죽을 바르는 조용한 사내가 있다.
벽이 꽤 넓어서 종일 걸리겠다. 사내의 전신이,
전심전력이 지금 오른손에 몰렸다. 입 꽉 다문 사내의
깊은 속엔
저런 노하우가 두루마리처럼 길게 감긴 것일까. 흙손
을 움직일 때마다
굵직한 선이 쟁깃날을 물고 깨어나는 싱싱한 밭고랑
같다.
제 길 따라 시퍼렇게 풀려나온다. 뭘 그리는 것인지,
막막한 여백이 조금씩
움찔, 움찔, 물러난다. 작업복 등짝을 적시는 땀처럼
벽에 번지는, 벽을 먹어들어가는 사내가 있다.

벽을 지우는, 혁신하는 사내가 있다.

벽에, 벽을 그리는 사내가 있다.

벽에, 다시 꽉 찬 벽에

비계(飛階)를 내려오는 석양의 고단한 그림자가 길게

그려지다, 천천히

미끄러진다. 벽에 떠밀리는 사내가 있다.

벽에, 마감재 같은 사내의 어둠이 오래 발린다.

경운기 소리

그 집 할아버지는 평생 농사만 지었다.
할아버지, 점심때 집에 왔으나 할머니가 아직 오지
않아
대강 챙겨 자시고 다시 부지런히
경운기 몰고 밭으로 나갔다.

할머니, 아랫마을 갔다가 부랴부랴 집에 와보니 에고,
이 양반,
맹물에 밥 말아 그냥
밥 떠넣고 장 떠넣고 한 눈치. 할머니 못내 속이 상해서
쯧, 쯧, 평소처럼 일 거들 요량으로 한참 걸어 밭으로
나갔다.

할머니, 와락 달려들어 영감! 영감님을 얼싸안아 일으
켰으나
119 구급차가 도착했을 땐 이미
숨을 거두어 묻은 흙 묻은 손.

"오늘 아침엔 경운기 시동이 참 잘 걸리네요."
"그래, 기분이 좋구만."
별다른 뜻이 없어도 오래 아프게 된 말,
송사에 답사. 상가엔 꼭 상복을 입은 이별장면, 별사가
따로 있다.

무쇠팔 경운기 모는 소리도
먼 길 소실점처럼 이랴, 이랴······ 멀어져간다.

1주기, 경운기 소리

작년 이 날도 비가 와서 슬픔이 더했다.

노인이 부리던 경운기가 마당 한쪽에서 종일 큰 눈 껌벅껌벅

젖는다. 강우량 따라

든날* 농사가 이것저것 다르다. 검버섯처럼 배어나오는 기억, 여기저기 녹슨 데가 많다. 본래는 절대로 꽃피지 않는 죽음이,

발동소리가 울긋불긋 번지는 것이다.

* 흐리거나 비 오다가 모처럼 화창하게 갠 날.

주산지

허리까지 물에 들어간 왕버들 여러 그루가 다 늙도록,
썩어 자빠지도록 나오지 않는다.

눈보라, 비바람 몰아치는 세월을 뚜벅뚜벅 걸어 여기
당도한 보폭이겠다.

악산 전모가 저수지 가득 젖어 늠름하게 비친다. 저 장
관이야말로 진정 심연이다. 아버지는 일평생 사나웠다.
그 거칠고 가파른 기억까지도 물오리 한 마리를 풀어 금
세 다 지우시는

어머니, 이승에 홀로 남아 지금 잠잠 깊으시다.

잘 섞였으므로, 사랑이란 말조차 묵음…… 이 일대의
바닥없는 고요를 이루었다. 만수위,

물에 녹아 풀릴 것처럼 한 사내가

카메라를 자동서터로 맞춰 세운 뒤 애인 속으로 거침
없이 걸어들어간다. 쓱, 우뚝 선다.

얼룩말 가죽

법원 앞 횡단보도 도색은 늘
새것처럼 엄연하다. 흑, 백, 흑, 백의 무늬가
얼룩말 가죽, 호피 같다. 법이 실감난다.
이걸 깔고 앉으면 치외법권,
산적 두목 같을까, 내 마음의 바닥도 때로
느닷없는 뿔처럼
험악한 수괴가 되고 싶다. 나는,
이 거대한 늑골 같은 데를 지날 때마다 법에
덜커덕, 덜커덕 걸리는 느낌이 든다.
인간이 참 제풀에 얼룩덜룩한 것 같다.

저 할머니는 이제
법이란 법 다 졸업한 '무법자'일까. 신호등
빨간 불빛 따위 아랑곳없이
무인지경의 횡단보도에 들어선다. 까마득한
계단 같은 것,
강 건너듯 골똘하게 6차선 도로를 횡단해간다. 흑, 백,

흑, 백,
　생사의 숱한 기로를 이제 흐릿하게 천천히 지우나니
　정지선 앞에 선 사람들도 몇몇 운전자도 그만
　씨익 웃는다. 어려 보이는 한 교통경찰이 냉큼 쫓아가
　할머니를 부축해 정성껏 마저 건너간다.
　빨래판처럼 덜컹거리는 법감정이, 시꺼먼 길바닥이
　문득 흰 젖 먹은 듯 고요하다.
　풍금처럼 흐르는 모법(母法)이 있다.

파냄새

노점 아주머니가 부지런히 대파를 다듬는다.
아주머니한테 아직 묻어 있는 색(色) 잠시 입을 가리며
킬킬킬 웃으며 오늘도 펑퍼짐한 몸 한 무더기를 털썩,
낳아놓았다. 어둑살 아래, 좌판에 쑥쑥 뽑아놓는 대파,
파는 가지런히 하얗게 깔려
무릎 앞이 바로 생생한 건반이다. 지난날
어느 시골 초등학교 교실의 풍금소리가 날 것 같다는
내 생각 따위, 바람에 헝클어지는 머리카락이 금세 지
운다. 희끗희끗 나부끼는 추억이랄까,
파껍질들은 언 길바닥에 들러붙고 밟힐 뿐이다. 다만
깨끗한, 독한 파냄새를 계속 뽑아대는 저 아주머니의
깊은 속엔
더 많은 입김이, 긴 화차 같은 일생이 꽉꽉 들어차
악물렸을 것이다. 이제 어디에나 앉기 편한 엉덩이로
눌러잡은 자리,
아주머니의 오십대 후반을 시꺼먼 방한복에 묵직하게
뚤뚤 뭉쳐놓았다. 저 바닥은 사실

혹한이 돌보는 셈이다. 얼거나 썩지 않겠다.

비닐봉지

차들이 검은 비닐봉지 하나를 연신 치고
달아난다. 비닐봉지는 힘없이 떴다 가라앉다 하면서
찢어질 듯 커다란 아가리를 벌리지만 도통
소리가 없다. 연속으로 들이닥치는 무서운 속력 앞에,
뒤에, 두둥실
웬 허공이 저리 너그러운지.

누군가의 발목에서 떨어져나온 그림자, 그늘인 것 같
다. 과거지사는 더이상 다치지 않는다. 이제
적의 멱살도 박치기도 없는 춤, 검은 비닐봉지 하나가
또 잔뜩
바람을 삼킨다. 대단한 소화능력이다. 시장통,
거리의 밥통이다. 금세 홀쭉하다.

대숲

시퍼렇게 털 세운 대숲 한 덩어리가 크다.

저 어슬렁거리는 풍경은 사실 전국 어디에나 붙박인 유적이다. 그들은 왜 마을 뒤, 산 아래에다 대숲 우거지게 했을까.

대숲 속은 아직 덜 마른 암흑이 축축하다.

꽉 다문 입, 마음속의 깜깜한 짐승을 풀어놓았을까. 날 풀어놓고 싶어하는 비밀이 지금 사방 눈앞에, 귀에 자자하다. 댓잎 자잘한 동작들이, 소리들이 그렇듯 무수하다. 울부짖음이란 본디 제 것이어서 자디잘게 씹어삼켜야 하는 것, 또 한때 새까맣게 끓어오르는 것.

마을 뒷산 아래, 너무 깊이 뿌리내려 떠나지 못하는 바람의 몸, 바람의 성대가

하늘 쪽으로 몰려 쏟아지는 광경이 폭포 같다.

무너미 무너미 시퍼렇게 넘어가곤 한다.

제2부

흉가

종지부 같다.
빈 까치집 한 덩어리가
잎 진 미루나무 높이
시꺼멓게 걸렸다. 도대체
어떤 결말이
하늘 입구에다 외딴 구멍을 내놨나.
바깥 사방이 흉흉하겠다.
삼켜버리고 싶은 과거는 맛이 없다. 대개
거칠고 쓴데, 저기
들어가 웅크리는 슬픔은 또
누구인지. 언제
둥근 종소리 날까,
그렇게 한번 깊이 울고
전소되겠다.

줄서기
인도소풍

식당에서 밥 사먹고 나오다가 본다. 한 노파가 길거리 음식물 쓰레깃더미 앞에 쭈그리고 앉아 있다. 뭐 먹을 만한 것들을 골라 바구니에 담고 있다. 한 사내가 엉거주춤 서서, 소 한 마리 개 한 마리가 또 그렇게 서서, 이 광경을 하염없이 에워싸고 있다. 물끄러미 제 차례를 기다리는 중이다.

왕생, 왕생에 무슨 소란이나 새치기가 있겠냐만, 혹 또 모를 일이다. 너, 뭐냐! 누가 당장 내 옆구리를 냅다 걷어차다면 아차, 엉겁결에, 언젯적 어느 계급, 어느 누구, 어느 짐승이 되게 아플까.

썩어 문드러지도록 저마다 오래 다문 비명들…… 한 장면이 찰칵, 소리도 없이 지나간다.

도다리

대형 콘크리트 수조를 자세히 들여다보니
아, 겨우 알겠다.
흐린 물 아래 도다리란 놈들 납작납작 붙은 게 아닌가.
큰 짐승의 발자국 같은 것이 무수히
뚜벅뚜벅 찍혔다.
바다의 끊임없는 시퍼런 활동이,
엄청난 수압이 느리게 자꾸 지나갔겠다.
피멍 같다. 노숙의 굽은 등
안쪽 상처는, 상처의 눈은 그러니까 지독한 사시 아니
겠느냐. 들여다볼수록
침침하다. 내게도 억눌린 데마다 그늘져
망한 활엽처럼 천천히
떨어져나가는, 젖어 가라앉는, 편승하는

저의(底意)가 있다.

당신의 비애라면 그러나

바닥을 치면서 당장, 솟구칠 수 있겠느냐, 있겠느냐.

뻐꾸기 소리

곤충채집 할 때였다. / 물잠자리, 길앞잡이가 길을 내는
것이었다. / 그 길에 취해가면 오릿길 안쪽에 / 내 하나 고
개 하나 있다. / 고개 아래 뻐꾹뻐꾹 마을이 나온다. / 그
렇게 어느날 장갓마을까지 간 적 있다. / 장갓마을엔 큰누
님이, / 날 업어키운 큰누님 시집살이하고 있었는데 / 삶
은 강냉이랑 실컷 얻어먹고 / 집에 와서 으스대며 마구 자
랑했다. / 전화도 없던 시절, / 그런데 그걸 어떻게 알았을
까 / 느그 누부야 눈에 눈물 빼러 갔더냐며 / 어머니한테
몽당 빗자루로 맞았다. / 다시는 그런 길, / 그리움이 내는
길 가보지 못했다.*

(이 행간엔 자꾸 소리가 난다)

2006년 1월 12일, 뻐꾹뻐꾹뻐꾹…… 큰누님 저세상
갔다.
　향년 76세, 삼일장 치른 뒤 우리 남매 어머니한테 갔다.
　활짝 반기면서 어머니는 대뜸,

하필 내게 물었다.

"느그 큰누부는 안 오나⋯⋯?" (약속대로 우리는) 나는, 딴청을 피며 어물쩍 넘겼다. 어물쩍 넘겼으나 어머니, 오늘은 날 패지도 않는다. 뻐꾹뻐꾹,

　지금은 서울, 작은형네 아파트엔 물론 몽당빗자루도 없고

　연세 아흔여섯, 어머니는 요즘 뭐든 대강 잘 넘어간다. 그런 다음⋯⋯ 그다음, 그다음에 가 뵈어도 어머니,

　"나, 와 이리 오래 사노!" 당신을 직접 때리는 것인지

　큰누님 안부, 다시는 한번도 잠잠 묻지 않는다. 뻐꾹⋯⋯

* 졸시 「눈물」 전문

식당의자

장맛비 속에, 수성못 유원지 도로가에, 삼초식당 천막 앞에, 흰 플라스틱 의자 하나 몇날 며칠 그대로 앉아 있다. 뼈만 남아 덜거덕거리던 소리도 비에 씻겼는지 없다. 부산하게 끌려다니지 않으니, 앙상한 다리 네 개가 이제 또렷하게 보인다.

털도 없고 짖지도 않는 저 의자, 꼬리치며 펄쩍 뛰어오르거나 슬슬 기지도 않는 저 의자, 오히려 잠잠 백합 핀 것 같다. 오랜 충복을 부를 때처럼 마땅한 이름 하나 따로 붙여주고 싶은 저 의자, 속을 다 파낸 걸까, 비 맞아도 일절 구시렁거리지 않는다. 상당기간 실로 모처럼 편안한, 등받이며 팔걸이가 있는 저 의자,

여름의 엉덩일까, 꽉 찬 먹구름이 무지근하게 내 마음을 자꾸 뭉게뭉게 뭉갠다. 생활이 그렇다. 나도 요즘 휴가 문제로 이런저런 궁리중이다. 이 몸 요가처럼 비틀어 날개를 펼쳐낸 의자, 저기 잘 내려앉은 의자,

젖어도 젖을 일 없는 전문가다. 의자가 쉬고 있다.

굿모닝

어느날 저녁 퇴근해오는 아내더러 느닷없이 굿모닝!
그랬다. 아내가 웬 무식? 그랬다. 그러거나 말거나 그후
매일 저녁 굿모닝, 그랬다. 그러고 싶었다. 이제 아침이
고 대낮이고 저녁이고 밤중이고 뭐고 수년째 굿모닝, 그
런다. 한술 더 떠 아내의 생일에도 결혼기념일에도 여행
을 떠나거나 돌아올 때도 예외없이 굿모닝, 그런다. 사랑
한다 고맙다 미안하다 수고했다 보고 싶었다 축하한다
해야 할 때도 고저장단을 맞춰 굿모닝, 그런다. 꽃바구니
라도 안겨주는 것처럼 굿모닝, 그런다. 그런데 이거 너무
가벼운가, 아내가 눈 흘기거나 말거나 굿모닝, 그런다.
그 무슨 화두가 요런 잔재미보다 더 기쁘냐, 깊으냐. 마
음은 통신용 비둘기처럼 잘 날아간다. 나의 애완 개그,
'굿모닝'도 훈련되고 진화하는 것 같다. 말이 너무 많아
서 복잡하고 민망하고 시끄러운 경우도 종종 있다. 엑기
스, 혹은 통폐합이라는 게 참 편리하고 영양가도 높구나
싶다. 종합비타민 같다. 일체형 가전제품처럼 다기능으
로 다 통한다. 아내도 요즘 내게 굿모닝, 그런다. 나도 웃

으며 웬 무식? 그런다. 지난 시절은 전부 호미자루처럼,
노루꼬리처럼 짤막짤막했다. 바로 지금 눈앞의 당신, 나
는 자주 굿모닝! 그런다.

책임을 다하다

은행나무 가로수 한 그루가 죽었다. 죽는 데
꼬박 삼년이나 걸렸다. 삼년 전 봄에
집 앞 소방도로를 넓힐 때 포클레인으로 마구 찍어 옮
겨심을 때
밑둥치 두 뼘가량 뼈가 드러나는 손상을 입었다. 테를
두른 듯이 한 바퀴 껍질이 벗겨져버린 것,
나무는 한 발짝 너머 사막으로 갔다.

이 나무가 당연히 당년에 죽을 줄 알았다. 그러나
삼년째, 또 싹이 텄다. 이런, 싹 트자마자 약식절차라
도 밟았는지 서둘러 열매부터 맺었다. 멀쩡한 이웃 나무
들보다 먼저
가지가 안 보일 정도로 바글바글 여물었다. 오히려 끔
찍하다, 끔찍하다 싶더니 이윽고
곤한, 작은 이파리들 다 말라붙어버렸다. 나는
나무의 죽음을 보면서 차라리 안도하였으나,
마른 가지 위 이 오종종 가련한 것들

그만, 놓아라! 놓아라! 놓아라! 소리 지를 수 없다. 꿈에도 들어본 적 없는 비명,

나는 은행나무의 말을 한마디도 모른다.

광장 한쪽이 환한 무덤이다

광장 한쪽이 햇솜처럼 구름처럼 번쩍이며 허옇게 부
푼다.
부풀어 와자지껄 만발한 벚꽃나무 아래
대낮 벤치 위에
한 사내의 노숙이 길쭉하다. 길쭉하게 늘어진 검은 비
닐조각이 바람에, 벤치 한쪽 다리 하단에 걸려
하기(下旗) 같다. 인파 속에서
주검보다 멀리 동떨어져 펄럭거리는 몸,
바닥을 문지르는 길의 끝인데
그 무엇도 아픈 것 같지 않다. 그 무엇도
아파하지 않는 저 병이 깊겠다. 말도 마라,
오래전부터 이미 그 무엇도 절망하지 않았으며, 그 무
엇도 작파하지 않았다. 마침내
깨달은 바 없으나 이제
사람의 숲에 들어와 늘어지게 자는 야생,
뚜껑 없는 인생.
언제부터 자꾸 분봉 일어났는지 사내는 지금

말라비틀어진 밀랍 덩어리, 빈 벌집이다.

숱한 과거사가, 온갖 생각이며 말들이,

어느 한때의 꿈이 붕붕,

붕붕붕거리며 뭉게뭉게 피어오르는구나. 벚꽃 만개는

사내를 완전히 빠져나온, 그러나 또 광배처럼 사내를

두른, 뒤덮은,

한 그루 폭발하는 벌떼다. 오후에 한창 환하게 둥근 봉

분이다.

뫼얼산우회의 하루

종일 비가 줄기차게 내린다. 아홉 명이 모였다.

나는 뒷전에 앉아 멍청하게 한데를 보다, 친구들을 보다 한다. 두 명은 바둑 두고, 여섯 명은 둘러앉아 고도리 친다. 표정들은 비슷한데 가만히 살펴보니 주름살 몰린데가 제각각이다. 이마에, 미간에, 눈가에, 입가에, 목줄기에 속속들이 해독할 수 없는 내용이 빼곡하다. 친구 사이지만 그래, 당연히 그렇지 않겠는가.

비, 언제 그치려나. 그쳐, 어디에 다 묻히나.

'뫼얼산우회'를 결성한 지 벌써 삼십년 다 돼간다. 어언 육십객들, 고등학교 동기들이다. 식당에서 점심 먹고, 식당 후원 원두막 정자로 자릴 옮겨 바둑 두거나 고도리 친다. 낄낄대거나 다투거나 틈틈이 소주 마신다. 나는 친구들을 둘러보다, 하품을 가리다, 빈 손바닥으로 내 얼굴을 탁본하다, 자주 한데를 보다 한다. 입을 꽉 다문 채 패를 내려다보는 저 친구, 얼마 전 참척의 슬픔을 겪었다. 턱주름이 유독 자심하다. 촘촘한 철사 같다.

허공의 주름살, 빗줄기가 여기저기 빼곡하다.

바다 이홉

누가 일어섰을까. 방파제 끝에
빈 소주병 하나,
번데기 담긴 종이컵 하나 놓고 돌아갔다.
나는 해풍 정면에, 익명 위에
엉덩이를 내려놓는다. 정확하게
자네 앉았던 자릴 거다. 이 친구,
병째 꺾었군. 이맛살 주름 잡으며 펴며
부우— 부우—
빠져나가는 바다,
바다 이홉. 내가 받아 부는 병나발에도
뱃고동 소리가 풀린다.
나도 울면 우는 소리가 난다.

비둘기

비둘기 한 마리가 버스정류장 길바닥을 이리저리 헤매며 부지런히 먹이를 찾고 있다. 그런데 녀석의 걸음걸이가 많이 이상하다. 왼발 발가락이

몽땅 몽그라졌구나, 끝없이 뒤뚱거린다. 뒤뚱뒤뚱, 몽땅하게 자꾸 깔아뭉개는 상처.

오래전 이미 이 도시의 위험이나 제 활동의 불편함까지도 죄 소화했는지,

똥눈다. 똥누고 또 걷는다. 잰걸음 따라 까닥거리는, 하염없는 고갯짓이 끄는 수레 같은 것, 삶의 마디마디에 새까만 눈이 또렷또렷, 또렷또렷 박힌다. 자문자답,

자문자답일까. 갓 핀, 한잎 단풍 같은 오른발 발자국마다… 따라붙는 방점 또한 인주 묻힌 것 같다. 콕. 콕. 콕. 빠짐없이 매우매우 중요하다.

배꼽

외곽지 야산 버려진 집에
한 사내가 들어와 매일 출퇴근한다.
전에 없던 길 한가닥이 무슨 탯줄처럼
꿈틀꿈틀 길게 뽑혀나온다.

그 어떤 절망에게도 배꼽이 있구나.
그 어떤 희망에도 말 걸지 않은 세월이 부지기수다.
마당에 나뒹구는 소주병, 그 위를 뒤덮으며 폭우 지나
갔다.
풀의 화염이 더 오래 지나간다.
우거진 풀을 베자 뱀허물이 여럿 나왔으나
사내는 아직 웅크린 한 채의 폐가다.

폐가는 이제 낡은 외투처럼 사내를 품는지.
밤새도록 쌈 싸먹은 뒤꼍 토란잎의 빗소리, 삽짝 정낭
지붕 위 조롱박이 시퍼렇게 시퍼런 똥자루처럼
힘껏 빠져나오는 아침, 젖은 길이 비리다.

아마존

나는 오늘도 '아마존'엘 간다.
올해로 만 십오년째 매달 한번,
박달희 씨가 일자리를 옮기는 목욕탕마다 따라다니며
이발하고 샤워한다.

그는 이제 멀지 않아 은퇴할 작정으로
고향 쪽에다 이미 귀농준비를 해두었다고 한다.
나는 또 슬쩍 따라붙고 싶다. 하지만
나와는 무관한 곳. 충청북도 영동군 매곡면…… 이하
그의 배꼽,
말단 본적지 지명은 자꾸 까먹는다.

두 남자 은근히 함께 늙었다. 어떤 장면도 인연도 눌어
붙지 않지만
거울도 깊어지는구나, 싶다.
그 심연 물끄러미 들여다본다. 번뜩이는 연어,
한칼! 깨끗한 이별이거니와

이번에야말로 바짝 다잡아 새기는 마을이름,

공수리 오리곡.

내게도 물비린내에 젖는 지느러미가 있구나.
박달희 씨가 새로 가위를 잡은 목욕탕에서
아마존 긴 강 거슬러올라간다.

저수지 풍경

그녀는 1949년생 소띠에 무남독녀로 자랐다.

타고난 것일까,

성격이 우직해서 근본은 잘 울지 않는다.

그녀 나이 두살, 6·25 전쟁 때 아버지가 전사했다. 꽃
다운 나이 스무살에 미망인이 된 홀어머니, 오랜 힘도 이
제 다 늙었다. 아버지는 얼굴도 모르는 슬픔이고, 어머니
는 또 속속들이 낯익은 슬픔이어서

그녀는 잘 울지 않는다.

누가 거창하게 역사를 탓하며 울겠느냐만 잔류독성 같
은 것, 따지고 보면 그녀는 전쟁 때문에 부었다. 좀 뚱뚱
한 편이다.

꾹 다문 인상은 만수위,

그녀는 사실 잘 운다. 연속극을 보다가 찔끔 울고, 어
쩌다 어딜 심하게 부딪히기라도 할라치면 엉엉 운다. 이
비극은 모계다.

주인공은 도대체 어느 시절 한번 행복하지 못하고, 작은 멍자국에도 시퍼런 상처가 물밀듯이 살아나는지,

　근본은 잘 운다. 그녀는
　무너미처럼 운다. 눈물 어룽거리면서도 끔벅,
　소처럼 소리가 없다.

아프리카

비닐봉지 하나가 시꺼멓게 떴다, 비스듬히
기운다. 길쭉하게 처진 저
빈 젖, 허공을 빨다만 아이의 입가엔
쇠파리떼가 소리도 안 나는 울음을 빤다.

도망자

밤새 눈 내려덮였다.
저 일격이 날 때려눕힌 것일까
세상 모든 길, 길을 풀고 돌아가버렸다.

일생이 전면, 불문에 붙여진 것 같다.
사라진 기억들이 삼엄하다.

누가 또 밖에 나가고 싶으랴,
나가고 싶지 않으랴.

낯선 곳에서 창을 열고 멀리 내다보는
흰
복면의 죄, 말없다.

제3부

수치포구

만(灣), 등이 휘도록 늙었으나 우묵한
가슴엔 군데군데 섬이 씹힌다. 질긴,
질긴 해소기침을 문 파도소리에 또 새벽은 풀려서
연탄가스 냄새 나는 색깔이다.
푸르스름한 풍파의 주름 많은 남루,
때 전 한이불 속 발장난치며 들썩대며 킬킬거리다
가랑이 서로 뒤얽힌 채
밤새도록 곤히 잘 잤을 것이다. 쿨룩쿨룩 떠오르는
남해 여러 섬, 큰놈 작은놈
핏줄 당기듯 또 깨어나는 것이다.

엉덩이 자국

초록 야산들을 깔아뭉개고 공단이 들어섰다. 거대한
굴뚝들은 이제 그 무엇을 일제히 들어올리나, 하늘에다
대고 마구 주먹감자를 먹인다. 폐허가, 먼 공포가 우레처
럼 몰려오는 이 뒷동산,

내가 깔고 앉은 쑥들은 도대체 얼마나 오래 쌓인 향기
냐, 몇천년째 계속 새파랗게 돋아나는 힘이냐. 역천(逆天)
의, 내 마음의 일개 공단을 쳐부수는 것일까. 참 여럿이
한꺼번에 내지르는 함성이 있다. 쑥들이, 내 엉덩이 자국
을 밀어내는 동작들이 자잘자잘 소란하다.

녹음

비무장지대는 중무장지대다. 그런데, 군기가 영 개판
이다. 나뒹구는 무기, 장비 들이 전부 녹슬거나 삭았다.
구멍난 철모에선 꽃이 다 올라오질 않나, 탄피 포탄 지
뢰 기관총 같은 것들이 참, 세월없이 푹 쉰다. 왕창 찌그
러진 대공포와 탱크 몇대도 제가 무슨 옛집, 폐가쯤 되는
줄 아는지, 칡넝쿨 뒤집어쓰며 적막에 투항했다.

전쟁이 끝난 줄도 모르고 아니, 긴 긴 휴전중인 줄도 모
르고 멧돼지 고라니 산토끼 너구리 오소리 뭐 이런 것들
하고 어울리거나 마구 붙어먹는, 아직 옛되거나 젊은 사
내들로 꽉 찼다. 참말로, 군기가 개판이다. 피아, 상하, 동
서, 남북, 좌우 구분도 없이 각 지역 사투리들이 서로 조
금씩 다르지만 초록은 동색으로 충분히 뒤섞여 완전히
통일됐다. 뭉텅이뭉텅이 한패거리로 무지 시퍼렇게 술렁
인다. 씨팔,
    언놈이냐!
애국이 다 뭐지? 그거, 몽땅 너 가져라.

또 금세, 군대 전원이 단체로 바람 타고 와 와 와 와 와 와 와 와 와 와 와 잘 논다. 개판, 개판이다.

골목 안 풍경

미장원 앞 사과상자엔 또 부추가 새파랗게 자랐다.

전에 베어낸 자리가 아직 덜 아물었다. 자욱하게 소름
끼친 것 같다.

그 칼자국이 밀어올린 키 위에다 소금 뿌린 듯

희고 자잘한 꽃이 피어 햇살 아래 지금 한껏 이쁘다.

가명의 저 어린 창녀들,

여럿이 새파랗게 몰려 한꺼번에 자지러지게 웃는다.

매미소리

장마가 거짓말같이 물러가고 볕, 쨍쨍한 날씨다.

그야말로 대폭 시꺼먼 장막이 활짝 걷혔다.

매미소리가 철사 빨랫줄 같은 직선으로 여러 가닥 길게 걸린다.

수해현장은 아직 참담한 상태 그대로다.

세간들이 야생으로 나간 것처럼 여기저기 젖어 널브러져, 깊이 주저앉으며, 무슨 뿌리라도 내리려는 것 같다.

뭘 버리고 뭘 챙겨 말려야 할지

늙은이들의 거동이 먹구름처럼 뒤적뒤적 널린다.

봄

저기, 샌다.
산업도로와 아파트 단지 사이 방음벽에
알루미늄 방음판을 지탱하는 기둥 쪽으로
담쟁이넝쿨 바글바글 몰린다.
어두컴컴할 때,
방뇨하기 좋은 포인트에
조것들의 귀가 참 새파랗게 쫑긋쫑긋
소복하다. 방음벽이 지금
알 슬거나 새끼 치는 것 같다. 본디, 꽉 틀어막는다는
일이 부수적으로
새는 실수를 낳곤 한다. 샜다, 차갑고 막막하고 텁텁한
판에
소문이란 것이 하긴 세상 어느 한구석
파릇파릇 틔우기도 한다.
생생하게 꾸며주는 재미가 있다. 저와 같은 스캔들은
또 대부분
맛있다. 지린내 같은 것도 삭혀먹는,

씹는, 곱씹어먹는
이쁜 주둥이들, 쎘다. 저기, 틀림없이 무슨
중대사태가 일어날
비밀이 샌다. 저, 산천을 온통 바꾸겠다.
계속 번진다.

쇠똥구리 청년

생활, 그 배부르지도 고프지도 않는 것. 청년은 영월읍
에서, 또 어느날은 동강의 거운리 포도원 민박집에서 이
런저런 막일을 한다. 둥근, 빨간 하루해를 고물 트럭에
매달고 청년은 지금 집에 가는 중이다. 비포장길, 좁고 구
불구불한 산판 길을 얼마나 높이 올라온 것일까, 갈지(之)
자로 깊이 꼬부라진 지점 오르막에서 청년의 트럭이 부
릉, 후진한다. 후진, 후진으로 올라간다.

돌연 몸 돌린 청년의 희한한 정체가,

쇠똥구리 한 마리가 뒷발질로 부지런히 굴리고 가는
쇠똥경단은 이미 향기다. 연금술의 아주 자잘한 잔소리
가 묻어 있다. 신이 보기에도 참 동그랗게 제대로 잘 빚
었으므로, 잘 굴러가는 것은 또한 짐이 아니라 길인 것
같다. 딸랑딸랑 방향을 쳐주거나 슬쩍 밀어주기도 하면
서 자꾸, 쇠똥구리에게 추슬러 입히는 쇠똥구리의 몸,

청년의 몸이 마지막으로 한번 힘껏 부르릉! 밀어올린 것, 쿵 부려놓은 것,

낙조.

어둑살 싱싱한 잎사귀에 쌈싸 한 목구멍 꽉 채워 삼키는 것, 면전의 악산 앞산 너머 꿀꺽 쟁여두는 것,

다시 정선선

정선선은 터널이 많아 짧다. 짧으나 여러 굽이 깜깜한 정선선은 강원도 정선군 내 증산과 구절리를 토막토막 잇는다. 별어곡—선평—정선읍—나전—여량 등 중간역에서 많이 타고 많이 내린 사람들, 서로 때가 묻도록 잘 아는 얼굴들. 광부들 화전민들 장꾼들을, 그들의 부모와 처자식 실어날랐다. 골짝물 소리 끓어 이는 물안개 같은 애환, 편도 십리 안팎의 왁자지껄한 삶 실어날랐다. 소쩍새 소리처럼 메아리처럼 산에서 산, 가로막히는 데서 가로막히는 데까지, 막장에서 막장까지 실어날랐다.

한칸, 한칸, 앞이 없는 사람들 먼저 떠났다. 객차 한칸짜리 비둘기호를 마지막으로, 기차는 이제 오지 않는다. 질긴 세월, 강철 암흑으로 엮어펜 악산 한 두릅의 폐선, 정선선은 끝났다.

산중 종착지 구절리역. 이 일대 지층 깊이 쌓인 시꺼먼 혹한을 벗으며 가물가물 깔리는 새벽의 은하철도, 정선선은 터널이 많아 길다.

오백나한 중 애락존자의 저녁

저 꼴통, 오늘도 뒤늦게 들어와 꾸역꾸역 끼여앉습니다. 또 어느 민가에라도 들러 한잔 걸쳤는지요, 놀처럼 불콰합니다. 툭 튀어나온 이빨이 싯누렇습니다. 그 면상, 옆에 앉은 수염 긴 나한의 귀 쪽으로 바짝 디밉니다. 거슴츠레 감기는 눈, 그 뭐라 썩은 술냄새 같은 육두문자를, 세상의 비린 슬픔 한 모타리라도 씹어뱉는 중인지요, 걸쭉하게 밀어넣는 것인지요, 옆으로 옆으로 번지는 파문이 있습니다. 영산전 오백나한 길게 늘어앉은 육열 횡대가 꿈틀 흔들렸다, 마른 봇도랑에 물 가듯 끝까지 한번 흔들렸다, 천천히, 물 드는 논처럼 널리 가라앉습니다. 이윽고 코고는 소리가 점점 커다랗게 부풀어올라옵니다. 이제, 불두화 허이연 대가리가 엄청 뭉툭합니다. 화두(花頭), 화두(話頭). 반경 내의 고요가 왈칵, 몰립니다. 어둑어둑 다 몰립니다.

헛간 서 있다

이 공중전화 부스를 도대체 어디다 쓰나.

삭막한 도시, 낙엽창고 폭설창고면 어떨까.

초등학교 아이들까지 핸드폰을 지닌 요즘

공중전화 부스는 그 수익성이 떨어져 찬밥 신세라 한다. 숱한 관계들

중심에서 밀려났기 때문인지, 키가 더 길쭉하다. 한 삼십년 된,

그러나 아직 멀쩡한 롱코트 같다. 어중간한 나이 명퇴자처럼

출퇴근길 행인들 속에서 뻘쭘하다. 이제

이 변두리가 사방 훤하게 잘 보인다. 매일, 지하도에서 자고 올라온 노숙자 폼이다. 차가운 유리 너머 뻔하게 들여다보이는 빈 속,

덜렁 달린 전화통 부은 것 같다. 새벽에 쓰린 공복

나도 좀 안다. 고해소처럼, 관짝처럼 입이 무겁다. 갑작스런 폭우를 피해

이 부스로 뛰어든 적 있는데, '번지 없는 주막',

토정비결에 잘 나오는 '의인' 같았다. 생광스럽다는 말,
없는 것보다야 낫다는 말, 용불용 어쩌고 하는 말이 불쑥
기억하는,

　주물럭거리는 것이 있다. 바람 드나드는 처지가

　거미줄 치며 기거하는

　헛간, 한칸씩 풍경을 지키고 서 있다.

유원지의 밤

유원지의 밤은 무슨 침전물이 뿌옇게 일 것 같다.
기왕에 산 쪽으로 길 끝까지 올라와봤는데
시가지의 소음이 그래도 아직
미행처럼 희미하게 따라붙는다. 어둠속 어디
자박대며 눈뜨는 기미가 있다. 무논, 가엔 시꺼먼
느티나무숲,
개구리 소리가 와글와글, 와글와글 여기에 다 끓고
있다.
끓어오르는 자갈더미가 한바탕 느티나무하고 뭉쳐
커다랗게 꿈틀거리는 먹구름 같다. 누더기 무더기 난
민처럼 몰린,
일군의 소요가 툭 끊겼다, 툭 끊겼다, 다시
수북하게 술렁이며 바람을 탄다. 산 아래 해묵은
자갈논,
이 불안한 합창을 퍼낼라 골재로 쓰는지
새로 짓는 저 고층아파트의 깜깜한 위용이 어느덧
골짜기 입구를 무지막지 틀어막는다. 숨찬 별들의 저,

하얗게 뒤집히는 배때기가 송사리떼 같다.
유원지의 밤은 저수지, 탁한 물처럼 깊어간다.

방, 방

'잠만 잘 분'
손바닥만한 방(榜)이 또
그 집
쪽방, 쪽문 바깥쪽에 하얗게 나붙었다.
오늘 아침,
반쯤 떨어져 바람에
팔락,
팔락거리는 거 봤다.

그가 사람들과 헤어져 밤늦게 돌아온 방이다.
문을 따니 방금 누가 문 따준 방이다.
불을 켜니 방금 누가 불 켠 방이다. 방금 누가 환하게
느낀 방,
입이 잔뜩 나온 불행이 주리를 트는 방이다. 불을 끄니
방금 누가 불 끈 방이다. 방금 누가 깜깜하게 느낀 방,

돌아누우니 누가 또 돌아눕는 방이다.

마음과 몸이
돌아 돌아눕는 방.

자전(自轉), 자전,
날개를 얻었을까 몰아치는 한파,
인파 속에서 자꾸
팔락,
팔락거린다. 청산 자러 가는
저, 익명의 겨울

나비.

없다

칸이 여럿 달린 긴 죽음이 지나갔다.

　그쪽으로 가던 숱한 볼일들이 어디론가 급히 실려가버
리고, 없다.
　조금 전 분명 잘 만져졌던 마음,
　왜 저기 기억 속에 박혔나, 화살처럼 부르르 떠나.
　악수하고 힘껏 껴안을 수 있는, 한대 쥐어박으며 오해
를 풀 수 있는, 장난치며 간질일 수 있는 몸, 정신 차리고
보니 없다. 사방
　엄청 큰 허공이다. 지금, 가장 생생하게 피어오르는

　얼굴,

　꽃진 자리처럼

　없다.

없다는 사실! 이 시꺼먼 창고는 비명으로 꽉 찼다.

사람들은 줄지어 불탄 지하철 내부 대리석 기둥이며 벽면에, 기껏 그을음일 뿐인 화마(火魔) 위에 깜깜한 자필로 문질러 쓴다.

인생이란 미처, 그리고 마저 사랑하지 못한 내용일까.

"보고 싶다"고, "우리 꼭 다시 만나자"고…… 쓴다.

흰 국화, 징검다리 더 길게 놓으며 간다.

제4부

향나무 옹달샘

동구 늙은 향나무가 땅바닥에다 대고 비틀어올리는 몸
짓 여전하다. 돌이켜보면 사실 굵은 동아줄처럼 힘세다
싶고, 고샅길처럼 험하게 비탈지고 꼬부라져 몹시 숨찼
겠다 싶다. 삼베 보자기에 탕약 짤 때처럼 거무스레 주름
잡히는, 마지막 한방울까지 똑 떨어지려는 생, 참 정밀하
다 싶다. 그리고 정화수여, 지금은 옛 샘물 말라붙고 말
라붙은 젖. 시꺼먼 껍질 쭈글쭈글한 향나무만 치매처럼
깜깜하다. 깜깜한 시간 비틀어올리는 저 향(向香鄕) 아
래, 삼가 두 손 사발 대고 싶다.

막춤

막춤이란 닥치는 대로 몸을 나부대는 것이 아니라, 필생의 시간을 그려내는 마지막 동작이구나 싶다.

시꺼먼 고무치마 두르고 도심 인파 속을 오체투지 기어다니던 사내, 요즘 보이지 않는다. 플라스틱 동냥바가지도, 슬픈 피릿소리도 없이 이 커다란 문어는 공동어시장 씨멘트 바닥을 면밀히 탐색하고 있다.

해저의 저 느린 춤, 놈의 가눌 길 없는 머리통은 이제 말할 수 없이 무거운 짐이다. 사내가 끌던 깜깜하고도 질긴 하반신, 뚜벅뚜벅 걸어간 곳은 어디일까.

죽음은 그 어떤 삶도 놓치지 않고 깨끗하게 챙긴다.

문어가 움직이는 대로 나도 모르게 내 마음이 지금 따라하는 짓, 같은 것을 느낀다. 율동이나 스텝이 똑같아서 놀랍다. 막춤은 쉽다?

미역섬

이 섬 주민이라곤
할머니 네 사람이 전부다.

목포며 여수로 떠난 이웃들이
한해 한번
미역 따러 들어왔다 나간다.

멀어져가는 배 꽁무니도 한점,
멀어져가는 섬 꼭지도 한점, 새까맣게
뜬
눈이다.

가슴에 못대가리만하게 박히는 저 뒤끝,
마저
수평선 넘어갔다.

미역국 마시는 바다,

질펀하게 번지는 해복(解腹)이다.

얼마나 허하랴.

방주

마을 뒤 산중턱에 사내의 임시거처가 정해졌다.
여기저기 풀을 베며 또
새로 우거지는 것 보는 재미로 풀을 베며 홀로 머무는
집, 뽀족한 지붕이 멀리서도
새빨갛게 잘 올려다보인다. 낯설지 않은 풍경,
우리네 시골동네 위
외딴 양옥은 지금 넘실대는 녹음을 타고 색다르다. 무
국적처럼 두어 달째 정박중인 것이다.

사내를 찾아갔다. 문병을 간 것인데
어젯밤, 밤새도록 들었다며 만수위 컴컴한 빗소리를
보여주었다. 빗소리로 꽉 찬 텅 빈 창고,
창고가 딸린 그 집 뒤돌아보았다. 한 아픈 몸이
자신의 여러 아픈 마음을 빠짐없이 불러 태우는 동안
숨풀,*
턱수염이 그렇게도 왕성하게 자랐구나, 싶었다.

* 숨풀: 수염을 가리켜 만든 말이다. 사내는 유독 수염이 많다.
거의 '복면'이다. 그 사내가 몹시 아프다. 사내는 휴직을 했
고, 그 1년간 수염을 깎지 않을 거라고 했다. 얼마나 자라는
지 한번 두고 볼 거라고 했다. 그러고 보니 숨쉴 때마다 그 수
염 수풀처럼 왕성하게 우거지는 것 같았다. 그래, 나는 농담
한마디 했다. 어이, 숨풀[生艸]! 이 당부는 그러니까, 사내의
별명이며 또한 사내의 건강한 '진면목'을 뜻하는 것이다.

이것이 날개다

뇌성마비 중증 지체·언어장애인 마흔두살 라정식 씨
가 죽었다.

자원봉사자 비장애인 그녀가 병원 영안실로 달려갔다.

조문객이라곤 휠체어를 타고 온 망자의 남녀 친구들
여남은 명뿐이다.

이들의 평균수명은 그 무슨 배려라도 해주는 것인 양
턱없이 짧다.

마침, 같은 처지들끼리 감사의 기도를 끝내고

점심식사중이다.

떠먹여주는 사람 없으니 밥알이며 반찬, 국물이며 건
더기가 온데 흩어지고 쏟아져 아수라장, 난장판이다.

그녀는 어금니를 꽉 깨물었다. 이정은 씨가 그녀를 보
고 한껏 반기며 물었다.

#@%, 0%·$&*%ㅐ#@!$#*? (선생님, 저 죽을 때도 와주
실 거죠?)

그녀는 더이상 참지 못하고 왈칵, 울음보를 터트렸다.

$#·&@\·%, *&#······ (정식이 오빠 좋겠다, 죽어
서······)

  입관돼 누운 정식씨는 뭐랄까, 오랜 세월 그리 심하게
몸을 비틀고 구기고 흔들어 이제 비로소 빠져나왔다, 다
왔다, 싶은 모양이다. 이 고요한 얼굴,
  일그러뜨리며 발버둥치며 가까스로 지금 막 펼친 안
심, 창공이다.

동백 씹는 남자

한 이레 일찍 온 셈이 되어버렸다.
남해 이 섬엔 아직 동백이 활짝 피지 않았다.
완전 헛걸음했다. 꽃샘바람이 차다.

일행 중 좌장께서
이제 겨우 눈뜬, 쬐끄맣게 핀 동백 한 송이를 꺾어
들고 다녔다. 들여다보고, 향기 맡고, 어린
속잠지만한 것에 혀 대보고 하더니
어, 먹었다. 아작아작아작 씹어 꿀꺽, 삼켰다.
나도, 둘러앉은 일행도 낄낄낄 웃었다.
동백독이 올랐는지 그의 안색이, 잠시
붉어졌다.

"선생님, 방금 걔 이제 겨우 열일곱살이거든요."
"알아요."
"그럼, 신문사에 제보해도 될까요?"
"이왕이면 대서특필케 해주시오."

한 장면,
즉흥 퍼포먼스가 수평선 멀리 넘어가고 여러 섬들이
주먹만한 활자처럼 시커멓게 몰려와 박히는 뱃길이여.
봄이 오는 사태만큼 사실 큰 사건은 없다.

지금은 쓸쓸한 춘궁, 그래도 봄날은 올 것이며
씹어먹어도 먹어도
굽은 등 떠밀며 또 봄날은 갈 것이다.

눈보라는 흰털이다

백모풍(白毛風)*의 허공은 큰 덩치다.
세필 자욱한 흰털이 바람에
갈기갈기 활발하다.

사내는 털옷에 털모자를 썼다. 지금은
짐승의 시간일까.
눈살 찌푸리며 단독으로 그려나간,
끌어당긴 지평선 냄새 같은 것.
꽉 다문 사내의 험상궂은 인상이
눈보라 전면 한복판에 힘껏,
시뻘겋게 뭉쳤다. 풀고 싶겠다,

무르녹고 싶겠다, 여자의 오두막은 아직도 멀다.

망국도

망명도

난분분, 온몸이 언 털이다.

* 백모풍: 눈보라를 뜻하는 중국의 보통명사다. '중국현대미술 전'에서 이 제목의 그림을 본 적 있다.

저녁이면 가끔

저녁이면 가끔 한 시간 남짓
동네 놀이터에 나와 놀고 가는 가족이 있다.
저 젊은 사내는 작년 아내와 사별하고
딸아이 둘을 키우며 산다고 한다.

인생이 참 새삼 구석구석 확실하게 만져질 때가 있다.
거구를 망라한 힘찬 맨손체조 같은 것,
　근육질의 윤곽이 해지고 나서 가장 뚜렷하게 거뭇거뭇
불거지는
　저녁 산, 집으로 돌아가는 사내의 우람한 어깨며 등줄
기가
　골목 어귀를 꽉 채우며 깜깜하다.

아이 둘 까불며 따라붙는 것하고
산 너머 조막손이별 반짝이는 것하고, 똑같다.
하는 짓이 똑같이
어둠을 더욱 골똘하게 한다.

오후 다섯시

고(故) 박찬 시인 영전에

내가 한쪽으로 기우뚱, 할 때가 있다.
부음을 듣는 순간 더러 그렇다.
그에게 내가 지긋이 기대고 있었다는 것 아닌가, 그가 갑자기
밑돌처럼 빠져나갔다. 나는 지금
오랜 세월 낡은 읍성 같다.

"조금 전, 오후 다섯시에 운명했습니다."
2007년 1월 19일.
그의 이마 쪽 초록 머리카락 한줌,
염색이 아니라 섣달
시린 바람 아래 웬 생풀 나부끼는 것 같은 날.

도대체, 인생이 어디 있나,
있긴 있었나 싶을 때가 있다.
나 허물어지는 중에 장난치듯
한 죽음이 오히려 생생할 때 그렇다.

흰 머플러!
시인 박찬, 여기 마음을 놓다

그는 끝내 그가 정한 대로 따스하게 실천해놓았다.

화장한 몸, 그 뼈를 빻아 한끼 더운밥에 비벼놓았다.
정읍의 선영 볕바른 데다 정성껏 뿌려놓은 일.
어라, 그의 겨드랑이가 벌써 겨울나기 중인 땅속 개미
몇마리의 촉수에 건들리는 것인지, 내게도 간지럽게 통
하는 것 같다. 들짐승, 날짐승,
여러 야생의 배고픈 이름들이, 동작들이 눈앞에 떠올
라 생생하다.

그는 참말로 여기 마음놓고 마음을 놓아두었다. 살짝
만져보니
아직 온기가 남아 그의 개구진 웃음 같다.
포물선을 그리며 길게 걸쳐놓인 산골(散骨)의 띠 앞에
우리는,
나는 깊이 절한다. 절할 때, 섣달 바람에 잠깐 목덜미
가 차다.

머플러!

그의 것은 카키색이지만 사실은 요러코롬 희디희다.

기린

상사화 잎은 광분하듯 무성하게 솟구친다.
빈 손아귀, 어느날 또 흔적없이 사라져버린다.
봄날의 한복판을,
뒷덜미를 덮쳤다, 놓친다.

중복도 지난 염천에 상사화 꽃대가 국기게양대만큼 길
쭉하다.
불안하다. 두려움도 거기 적응하고 진화하는지, 꽃의
이목구비가 전부
뿔이고 나팔이다. 저항도 비명도 사실은
묵음이어서
다만 창백한 연분홍이다.

시퍼렇게 뒤를 쫓는 식칼 같은 세월!

상사화를 한참 바라보면 아예 멀리 옮겨주고 싶다.

또 제자리 잡고 하염없이 뭘 기다리는 것인지, 껌벅, 놀
라 다시 지리멸렬 나자빠질 것인지,

메마른 초원 같은 한평생.
먼 산 쪽만 두리번거리다, 껑충껑충 달아나다,
외롭게 죽어간 키다리 숙모 생각도 난다.

조묵단전(傳)

탑

"나 늙으마 우짤꼬!"
어머니, 여든하나 연세에 아버지 먼저 보내놓고 처음
입에 담은 말씀이다. 이 무슨 걱정이냐, 똥이다.

어머니의 일생은 한마디로 똥이다.
산후풍으로 거동 못하던 할머니 수발 40년, 중복 기간
에 할아버지 수발 10여 년, 한참 건너 아버지 수발 또 10
년을 치렀다. 오남매 키우고, 손자들 거둔 것 말고도 합
이 대체 얼마냐. 막상
당신 노후(?) 주변, 면면 살펴보면 막막하기 그지없다.
그 엄청난 똥오줌,
뉘 물려받을까, 자식들 죄짓게 할까 두렵다는 것이겠다.

어머니는 올해 아흔다섯인데도 다행히 건강하시다.
정신도 아직 똑똑하고 자세도 꼿꼿하고
빨리빨리 걷기 때문에 동네 딸뻘 터수인 칠십대 할매
들도 못 따라간다.

96

모두 스스로 지은 복일까, 업일까. 아무튼
어머니가 쌓아올린 누런 똥무더기는 금, 탑일 것 같다.

나는 이쯤에서 간절히 한마디만 하고 싶다.

"어무이, 이만할 때 고만 돌아가이소."

조묵단전(傳)
비녀뼈

어머니 모시고 아파트 단지 내 미장원엘 갔다.

연세 아흔일곱에 첫 입장, 근 백년 만에 드디어 개화의 문을 열고 들어선 것. 나는 비녀를 받아챙겼다. 싹둑싹둑 잘려나가는 머리채, 머리채 중에도 맨 꽁지, 세기말도 한 뼘 비닐봉지에 담았다. 서른 마지기 농사 뒤에, 대가족 뒤에, 일평생 동동거린 그 날랜 역할 다 어디 갔나. 아버지 뒤에 숨었나니. 채 한줌도 안되기 위해 야무지게 쪽진 머리, 노구엔 이제 성가시겠다 싶어 자른다. 자식한테 맡긴 오늘자 가리마, 하얀 길 꼬리 한가닥 짤막하게 사라진다.

어머니의 미용은 끝났다.

할머니, 두상이 참 예쁘세요. 파마가 아주 기가 막히게 나왔어요. 미용사가 여러번 공치사를 했으나 어머니, 도통 말없다. 거울 속의 웬 바글바글한 노파와 잠시 낯설게 눈 마주치다가 설마, 뒷머리에 손 가져간다. 처마 아래 걸어놓은 수수다발 같을까, 깜박 놓친 듯 자꾸 다독다독

더듬는다. 없다, 여기 있다. 나는 엄지 검지 중지 비닐봉
지를 만진다. 말랑한 머릿결 속,

　단단한 이 비녀! 아, (　　　) 탈골이다.

낡은 피아노의 봄밤

피아노 속이 환한가, 때로 궁금하다. 지금
콩나물 대가리가 다시 수북하게 자란 저녁일까.
아이들이 자라 스무살이 훨씬 넘는 동안 또 몇년
뚜껑 한번 열린 적 없을 것이다.
무겁게 내려앉은 피아노는 저도 컴컴한 헌집이다.
문턱처럼 걸린 불화와 저녁노을처럼 걸린 쓸쓸한 날들,
묻지 마라. 어두워진 것처럼 꽉 다문 입, 속은 구린내
나겠지만
흉금이란 노후에도 노후해도 썩지 않고 영롱하게 글썽
이는 것.
뚜껑 밤하늘엔 별 총총 수심도 많겠다. 명멸, 명멸,
사소하게 일일이 다 접으며 또 그렇게
겨울 보냈으리. 기나긴 눈보라 주먹만한 눈발,
저 목련 폭발 환한 야음이다. 야반도주처럼 훨훨
봄날은 또 사정없이 날 새누나. 두 팔 벌려 무너지듯
누가, 이 피아노를 한번 힘껏 눌렀겠다.

흔들리는 무덤

가슴에다 실제로 깊은 구덩이를 파는 모양이다.

그러기 위해 내 친구의 아내는 단단하게, 더 단단하게 웅크리는 것인지

전신이 무슨 마개 같다. 그 무엇이

목구멍 이상 올라오지 못하도록,

얼굴 시뻘겋게 달도록 틀어막는 중이다. 저 짐승 같은 슬픔, 가두려 들다니…… 수억만 톤

수압이 걸리는 거다. 깜깜한 물의 힘!

오랜 굴착이다. 지축을 건드리기라도 한 것일까. 아무래도 흔들리고, 아무래도 미미한 소리가 얼비친다. 서른 살, 미장가에 죽은 자식

지금 불에 놓아보내지만

저 작은 몸에다 억눌러, 억눌러 심는 모양이다.

송산서원에서 묻다

마을 뒤, 산 밑에 오래 버려진 송산서원에서
나는 폐허에게 묻는다. 이쯤에서 그만
풀썩 무너지고 싶을까.
이것저것 캐묻는다.

찔레 덤불이 겹겹 앞을 가로막으며 못 들어가게 한다.
돌아서고 싶을까. 찔레 가시에 찔리며 긁히며 억지로 들
어선 마당, 그리고 뒤꼍.

풀대들, 풀떼며 잡목들이 아주 불학무식하다. 공부하
고 싶을까. 작은 마루에 방 둘, 어디론가 훌쩍 떠나고 싶
을까.

기둥과 기둥 사이에 줄을 쳐, 토종 강냉이 수십 다발을
주렁주렁 널어두었다. 산새 부리들, 들쥐 다람쥐 청설
모… 잇자국들이 대를 이어 상세하다. 이 빠진 세월은 또
얼마나 길까. 누군가 버리고 간 한 무더기 세로쓰기 책
들, 대강 넘겨보니 사법고시 준비를 한 것 같다. 그리고
취사도구 몇, 잘살까.

거미줄이며 먼지가 이렇게 힘세다. 작파했을까.

이 방 저 방 마구 부서져 널려 있는 것들 중에 격자무늬 문짝 몇개가 그나마 그래도 쓸 만하다. 사방, 달아걸고 싶을까.

마당을 다시 잘 살펴보니 풀숲에 작은 웅덩이 흔적이 두 군데, 이쪽저쪽 숨어 있다. 썩은 꺾꽂이 같은 세월, 깜깜 눈감고 싶을까.

나는 끝내 대답하지 않는다.

과거지사란 남몰래 버티는 것, 대답하지 않는다.

고모역의 낮달

고모(顧母), 고모동이라는 데가 대구시 변두리에 있다.
늙으신 어머니를 돌아본다는 사연이 젖어 있다. 생전
어머님의 손을 놓고 돌아서는, 돌아서 가다 또 돌아보
는,
이별장면을 담은 흘러간 유행가
'비 내리는 고모령'의 현장이다. 야트막한 고갯길이
비가 내리면 아직도 실제로 비에 젖는다. 수십년
개발제한구역으로 묶인 고모동 일대는
훼손되지 않은 산과 들, 금호강 굽이가
대구의 동쪽 관문을, 인터불고 호텔 같은 건물들을 그
럴듯하게 꾸며주는 여일한 배경이다. 정작
문짝 하나 새로 달 수 없는 고모동엔 무엇보다
초라한 고모역이 있다. 돌아오는 이 없는
도시 속 오지가 있다. 바쁘게 살아온 그대 변두리의 쓸
쓸한 취락,
허공의 폐역. 어머니를 돌아보라,
헌집에 홀로 사시다 저 낮달이 된 지 오래다.

해설

실존의 배꼽을 어루만지다
김양헌

꼭지는 슬프다. 질기고 질긴 슬픔이다. 태어나자마자 어미 울음부터 들은 꼭지. 계집 꼭지는 그만 뚝 떨어지고 사내아이 점지하라는 부적, 꼭지. 온갖 차별과 멸시를 덧쓴 이름, 꼭지. 여자라 젖도 제대로 못 얻어먹은 꼭지. 꼭지라고 겉보리 서너 가마에 팔려간 꼭지. 주정뱅이 남편에게 걷어차여도 꼭지니까 참고 산 꼭지. 박복한 꼭지가 잡아먹었다고 남편 요절한 죄까지 뒤집어쓴 꼭지. 꼭지라서 가난을 달고 산다는 시부모 구박에 허리 다 휘도록 일만 한 꼭지. 꼭지가 돌도록 피땀 짜내 뒷바라지한 자식들 이민 가버려 다시는 못 만나는 꼭지. 부모님이 주신 이름 끝내 버리지 못하고 독한 비애를 견디며 살아왔건

만, '독거노인' 딱지 하나로 남은 꼭지.

하기야 어디 꼭지뿐이랴. 해방 전후 민중사에서 딱구, 말자, 끝순이 아닌 여인이 몇이나 되겠는가. 따지고 보면 이 땅의 장삼이사는 대부분 일제 강점기에서 군사정권까지 수난의 현대사를 비켜가지 못했다. 한살이의 낱낱은 저마다 다를지라도 파란만장한 실존의 긴긴 시간을 거쳐 온 점은 다르지 않다. 실존의 진흙구렁을 맨발로 건너며 역사의 수레바퀴를 굴려온 수많은 꼭지들. 「꼭지」의 주인공 '꼭지'는 바로 이러한 하층민의 죽살이를 대변하는 인물이다. 꼭지는 우리의 부모나 조부모가 맞닥뜨렸던 혹독한 삶의 실상을 되살려내는 존재다. 되살려낼 뿐 아니라 아직도 그러한 삶이 끝나지 않았음을 증명한다. 문인수의 새 시집 『배꼽』에서 「만금이 절창이다」의 여인네들, 「서정춘」과 「지네」의 서정춘 시인, 「얼룩말 가죽」의 할머니, 「파냄새」의 노점상 아주머니, 「줄서기」의 노파, 「광장 한쪽이 환한 무덤이다」의 노숙자는 바로 우리 시대를 살아가는 꼭지들이다. 「배꼽」「아마존」「저수지 풍경」「매미소리」「방, 방」「이것이 날개다」「막춤」「조묵단전(傳)」의 등장인물 또한 꼭지의 변주.

그러나 「꼭지」는 '꼭지'의 일생을 구구절절 늘어놓지 않는다. "젖배 곯아 노랗"게 뜬 생의 처음과 "잔뜩 꼬부라져 달팽이 같"은 죽음 직전의 순간만 묘사할 따름이다. "시퍼렇게 뒤를 쫓는 식칼 같은 세월"(「기린」), 그 가운데 토막은 뭉턱 잘라버린다. 제대로 시가 되려면 "생사의 숱한 기로를"(「얼룩말 가죽」), "입이 잔뜩 나온 불행이 주리를 트는"(「방, 방」) 정황을, 최소한 "세상의 비린 슬픔한 모타리라도"(「오백나한 중 애락존자의 저녁」) 세세히 그림으로써 구체성을 확보해야 마땅할 터. 절실한 상황을 드러내어 하나의 진실에 이르는 구도는 시작법의 기본. 서정시는 한 토막 시공간만으로 전체를 거느리고 영원에 닿으려는 욕망의 양식이다. 결코 충족할 수 없는 이 욕망이 끊임없이 시를 생산하도록 부추기는 원동력이다. 하지만 문인수 시인은 오히려 '꼭지'가 살아온 삶의 세목들을 시에서 제거한다. 가슴을 찌르는 특별한 상황, 특정한 시공간을 찾아 확대하는 방식을 버리고 서정의 시간을 새롭게 해석한다.

　시인은 길고 긴 시간이 누적된 정황을 포착한다. 쌓이고 쌓인 삶의 무게에 짓눌려 일그러진 시간의 상흔을, 몸부림치고 할퀴고 물어뜯어도 끝내 벗어나지 못한 실존의 끝자락을, 한걸음 물러선 자리에서 담담하게 응시한다. 「꼭지」 전반부까지 화자는 '꼭지'의 현재 모습만 그린다. "잔뜩 꼬부라져 달팽이 같"은 할머니, "애터지게 느리게" 숨을 몰아쉬며 "골목길 꼬불꼬불" 올라가는 "독거노인"의 우여곡절 과거사는 알 길이 없다. 한때는 알콩달콩 행복했는지, 돈을 벌어 떵떵거리며 살았는지, 찢어지는 가난 때문에 여러번 자살을 시도했는지, 어느날 갑자기 나락으로 떨어져 지금에 이르렀는지, 그 미지의 시간은 "고픈 배 접어 감추며" 동사무소 가는 독거노인의 그림자에 어른거릴 뿐이다. 시간이 개입하기 전까지, 겉보기에 「꼭지」는 한 존재의 불행한 현실을 묘사한 평면의 그림 같다.

이 평면의 화폭은 "기억의 끝"에 매달린 "젖배 곯아 노랗다"는 생의 첫 장면과 만나면서 단번에 입체성을 띤다. "젖배 곯아"는 의미상 당연히 과거지만, "노랗다"는 과거면서 현재다. 현재는 과거와 급작스럽게 결합한다. 결합의 매질(媒質)은 '노랗다'는 형용사. 세 번이나 나오는 "노랗다"는 "민들레꽃"의 색깔에서 결핍과 고통, 죽음으로 의미망을 넓히며 "젖배 곯"았던 때와 "하늘 꼭대기 넘어가"는 시점을 동질의 시간으로 묶어놓는다. 처음과 끝을 하나로 싸매니 가운데 토막은 저절로 납작 찌그러진다. 구절양장 질긴 일생이 팍삭 짜그라들어 "고픈 배"에 눌어붙으니, 그 형상은 드러나지 않으나 쓰디쓴 비애가 물컹거리며 쏟아질 듯하다. 현재 상태가 과거의 성격을

규정하고, 과거의 부정성은 엄청난 크기로 되돌아와 현재의 목덜미를 조른다. '꼭지'는 "도대체 어느 시절 한번 행복하지 못하고"(「저수지 풍경」) 하늘이 노랗게 보이는 지금까지 온갖 고초를 다 겪어왔다는 사실을, 죽음의 문턱을 넘어서야 새처럼 자유롭고 편안하리라는 마지막 연이 강하게 환기한다. 태어나서 죽을 때까지 '꼭지'는 꼭지다.

　「만금이 절창이다」의 "죽는 거시 낫겄어야, 참말로"라는 탄식도 시간의 패총에서 건져올린 절창이다. 개펄의 여인네들은 "하루하루 수장되는 길"을 건너고 또 건너 지금에 이르렀다. "삶이 몸소 긋는 자심한 선"은 하루아침에 생기는 게 아니다. 고된 노동이 끝내 가난을 넘어서지 못하는 실존의 수렁이 없었다면, 그 생존의 뻘밭을 "무척추동물 배밀이"하듯 밀고 온 산더미 같은 시간이 없었다면, 만금의 절창은 먼 풍경처럼 가물가물 사라졌을 터. 「파냄새」의 아주머니 또한 "혹한"의 나날을 견뎌온 "긴 화차 같은 일생"을 파냄새에 전 "시꺼먼 방한복에 묵직하게/똘똘 뭉쳐놓았다." 현재란 덧쌓인 과거의 얼굴, 과거라는 퇴적층의 지표면이다. 순수한 의미의, 현재는 없다. 누적된 시간의 표정이 있을 뿐이다. 「지네」는 현재의 삶이 어둡고 긴 시간의 똬리 위에 얹혔음을 선명하게 보여준다. "배냇앓이"는 존재에 앞서는 본질이다. 태어나기도 전에 벌써 실존의 힘에 떠밀리는 존재의 비애. 이 세계에선 '존재는 본질에 앞선다'는 싸르트르의 명제도 무의미하다. "평생/삼단(三短)"일 수밖에 없는 운명은 존재 이전에 존재의 바깥에서 이미 결정되어 꼭지들의 삶을 지배하기 때문이다. "썩을놈의 슬픔"은 그래서 수시로 오고 간다. '흉터'는 일평생 온몸을 공전하는 비애의 기억, 세포마다 붙박인 트라우마의 상징이다. 흉터의 거적을 들추면 수천수억 과거들이 지네처럼 우글거린다.

그러나 놀랍게도, 꼭지들은 눈물바다에 빠지지 않는다. 화자는 대상을 연민으로 껴안지만, 한편으론 대상과 냉정하게 거리를 유지한다. "질긴 끈 같은 간밤 울음이 도로/죄 풀려나"(「서정춘」)와 눈물 펑펑 쏟는 장면에서도 감정에 휘말리는 법이 없다. "참 애터지게 느리게" "여생을 핥는"(「꼭지」) 존재를 마른 뼈다귀 같은 비애가 감쌀 뿐이다. 객관 묘사는 느긋하게, 간명하게, 직유로 물러서며, 죽음을 지연하며, 무심한 듯 흐른다. 「얼룩말 가죽」의 화자는 긴박한 순간에도 일인칭으로 개입하는 범주를 제한하면서 상황을 제시하는 데 주력한다. "작은 몸에다 억눌러, 억눌러"둔 "짐승 같은 슬픔"(「흔들리는 무덤」)은

제 무게를 이기지 못해 딱딱하게 굳어간다. "참척의 슬픔"이 "촘촘한 철사"처럼 목을 옥죄어도, 참담한 사연이나 남은 자의 비애는 "입을 꽉 다문"(「뫼얼산우회의 하루」)다. 시간의 무게에 짓눌려 증발한 눈물의 강이 곳곳에 흔적을 남기지만, 시인은 짐짓 모른 척 감정이입의 유혹을 뿌리친다. 슬픔은 시인의 몫이 아니라, 꼭지의 몫이고 독자의 몫이다.

시인은 꼭지들의 시간과 비애를 압착하면서 집단의 성격도 함께 눌러버린다. 하층민, 피지배계급의 특수성은 희미하게 바닥으로 가라앉고 저마다 껴안고 살아온 실존의 조건, 인간의 문제가 전면에 떠오른다. 물론 가난과 고통은 사회의 배려와 제도로써 일정부분 해결할 가능성이 있지만, 시인은 그런 따윈 무시한다. 실제로 계층 이동의 행운을 누리는 사람은 드물다. 그 어떤 정책도 달동네를 없애지 못했고, 상대빈곤은 날이 갈수록 커지기만 한다. 문인수 시인은 이거야 당연한 일이라는 듯 시 뒤편으로 밀쳐놓는다. 「얼룩말 가죽」은 법이라는 제도의 폭력성을 배후에 깔고, 「광장 한쪽이 환한 무덤이다」는 사회구조의 모순을 배경으로 두지만, 특정 집단의 소외나 현실의 모순을 직접 다루려는 기미는 보이지 않는다. '꼭지'라는 이름은 가부장제 사회의 성차별에서 생겨나 한 존재의 평생을 구속하지만, 「꼭지」의 주제는 페미니즘이 아니다. 「만금이 절창이다」에도 하층민이자 여성으로서 이중의 억압에 시달리는 여인네들이 등장하나, 여성해방이나 빈곤보다 실존의 수렁을 건너는 법, 견딤의 미학을 앞세운다.

「이것이 날개다」는 꼭지의 한 극단을 상징하는 장애인의 삶을 그림으로써 문인수 시인의 주요 관심사가 무엇인지 표명한다. 아무리 좋은 제도도 장애인의 존재방식 자체를 바꿀 수는 없다. 작품은 장애인의 권익옹호나 복지개선 따위는 전혀 언급하지 않는다. 태어나서 마흔두 살까지 조금도 달라지지 않은 삶을 견디고 견딘 한 인간을 보여줄 따름이다. 그러니 목소리를 높일 필요도 없고, 눈물로 행간을 적실 까닭도 없다. 1연은 문상객의 행동을 묘사함으로써 죽은 라정식 씨의 일상을 간명하게 재구성한다. 문상을 오고, 감사기도를 드리고, 밥을 먹는 "아수라장, 난장판"에서 죽음의 비애는 저만치 뒤로 물러난다. 비애조차 뒤틀리고 문드러진 현실 앞에서 "왈칵, 울음보를 터트"리는 사람은 자원봉사자 비장애인뿐, 아무도 울지 않는다. 삶은 죽음 앞에서 분명하게 실체를 드러낸다. 몸뚱이 하나 제대로 건사하지 못하는 삶, 죽음보다 못한 기막힌 삶. 바싹 마른 울음을 뒷면에 덧댄 장애인의 삶은 생존의 절벽에 내몰린 꼭지들 전체의 문제를 내포하지만, 시인은 개인의 실존에 더 큰 무게를 둔다. 온몸을 "비틀고 구기고 흔들어 이제 비로소" 참혹한 운명의 손아귀에서 벗어난 한 인간의 죽살이는 특정집단의 문제를 넘어서 존재의 근본을 되새기게 한다. 그런 까닭에 2연에서 화자는, 시인은, 전혀 슬픈 기색 없이, 만금의 절창처럼, 담담하게 죽음을 해석한다. "죽음은 그 어떤 삶도 놓치지 않고 깨끗하게 챙긴다."(「막춤」) 죽어서, "안심"이다. 비로소 훨훨, "창공이다."

　　뇌성마비 중증 지체·언어장애인 마흔두살 라정식 씨가 죽었다.
　　자원봉사자 비장애인 그녀가 병원 영안실로 달려갔다.
　　조문객이라곤 휠체어를 타고 온 망자의 남녀 친구들 여남은 명뿐이다.
　　이들의 평균수명은 그 무슨 배려라도 해주는 것인 양 턱없이 짧다.
　　마침, 같은 처지들끼리 감사의 기도를 끝내고
　　점심식사중이다.
　　떠먹여주는 사람 없으니 밥알이며 반찬, 국물이며

건더기가 온데 흩어지고 쏟아져 아수라장, 난장판이다.

그녀는 어금니를 꽉 깨물었다. 이정은 씨가 그녀를
보고 한껏 반기며 물었다.
#@%, 0%·$&*%ㅒ#@!$#*? (선생님, 저 죽을 때도 와
주실 거죠?)
그녀는 더이상 참지 못하고 왈칵, 울음보를 터트렸다.
$#·&@\·%, *&#…… (정식이 오빤 좋겠다, 죽어
서……)

입관돼 누운 정식씨는 뭐랄까, 오랜 세월 그리 심하
게 몸을 비틀고 구기고 흔들어 이제 비로소 빠져나왔
다, 다 왔다, 싶은 모양이다. 이 고요한 얼굴,
일그러뜨리며 발버둥치며 가까스로 지금 막 펼친 안
심, 창공이다.

— 「이것이 날개다」 전문

누군들 이리 가혹한 운명에 눈물 한방울 보태고 싶지
않겠는가. 그럼에도 시인은 속울음 삼키며 보여주기로
일관하고, 딴전을 부리는 척 슬픔을 탁탁 털어 물기를 쭉
빼낸다. 때로는 묘사의 틈을 비집고 감정이 슬쩍 고개를

내밀거나 2연처럼 화자의 목소리가 스며들기도 하지만, 대상과 거리를 유지하려는 기본 태도는 변함이 없다. 이 객관의 자리가 없었다면, 어찌 애애절절한 상가에서 죽음의 모가지를 비트는 이 한마디를, "$#·&@\·%, *&#……(정식이 오빠 좋겠다, 죽어서……)"라는 역설을 새겨들을 수 있었겠는가. 이 한 줄이 즈믄 밤의 눈물을 다 감당하고도 남는다. 2연은 눈물 없는 눈물의 역설에 덧붙이는 시인의 조사(弔詞). 「꼭지」의 마지막 연도 마찬가지 역설의 여운. 「만금이 절창이다」의 "늙은 연명이 뱉은 절창"도 실존의 극한에서 말라붙은 눈물이 빚어낸 역설의 노래다.

원래 문인수 시인은 눈물이 많았다. 바싹 '마른' 눈물이 아니라 추적추적 '젖은' 눈물이었다. 첫시집 『늪이 늪에 젖듯이』(1986)는 첫작품부터 "천천히 젖는/비의 후렴"(「겨울비」)에 휩싸인 비애가 시집의 중심 정조임을 암시한다. "비, 빗소리, 눈물, 울음"은 '젖다'나 '운다'를 동반하며 둘째 시집 『세상 모든 길은 집으로 간다』(1990)까지 비애의 정서로 물들인다. 비애는 "낯선 객지에서 젖는 내 여윈 몸"(「실」)이 부르는 노래다. 비애의 원천은 고향 상실. 시인이 실제 사는 곳도, 화자가 자리잡은 공간도 객지다. 객지는 "앞이 막히는 삶"(「길」)의 비유. 삶에 문제가 없다면 고향과 타향이란 구분이 무슨 소용이 있겠는가. 객지는 절망 결핍 고난 죽음의 이미지로 뒤덮여 희망 충만 행복 생명의 이미지를 두른 고향과 대치한다. 고향과 객지의 대립은 이상과 현실의 괴리, 자아와 세계의 불화를 밑절미로 삼는 서정시의 기본 구조를 형성한다. 첫시집과 둘째 시집은 이러한 구도를 따라 현실의 결핍이 낳은 그리움, 그 그리움이 잉태한 비애로 축축하게 젖어드는 시인의 내면 정황을 솔직하게 드러낸다.

셋째 시집 『뿔』(1992)도 "젖은 것들"(「비」)로 가득하다. 여전히 감정이입이 중요하게 작용한다. 대상은 시인의 정서를 대변하는 도구에 가깝다. 예를 들면, "울화통같이 시뻘겋게 솟구쳐오른/꿩!"(「꿩」)에서 꿩이라는 사물의 본질과 울화통이라는 정서는 별반 연관이 없다. 문맥의 흐름이 대상을 특정 정서의 테두리 안으로 몰아넣을 뿐이다. 사물은 사물로 존재하지 않는다. 꿩은 꿩이 아니라 치솟는 비애다. 모든 제재는 본래 모습을 잃고 시인의 의도대로 일그러진다. 시인과 화자는 거의 한몸처럼 붙어 주관의 자리를 굳건히 지키며 대상을 완전히 장악한다. 시인의 비애는 곧바로 모든 존재의 슬픔으로 번진다. 뒤집어 말하면, 슬픔을 품을 수 있는 속성을 지닌 사물이라야 시의 제재로 들어올 수가 있다. '비, 새, 가오리연, 까마귀, 소, 그믐달, 돌, 꿩, 소금쟁이, 정선' 등은 현실에선 연관이 적고 차원이 다른 사물이지만, "끝간 데 없는 울음"(「까마귀」)을 끌어내는 제재로서 동일한 위상에 자리 잡는다. 비애 앞에서 모든 존재는 평등하다.

이 경우 서정의 주체에 대응하는 세계는 "실업의 겨울, 황량한 변두리"(「가오리연」)처럼 삶의 조건 전반을 포괄하는 폭넓은 부정성을 띤다. 이 '객지'의 어둠, 실존의 수렁이 너무 깊고 커서, 자아가 결코 건너갈 수 없기에 비애가 발생한다. 그러므로, 비애에는 처음부터 도덕성이 배어 있다. 눈물의 짠맛은 시의 방식으로 구현하는 윤리의 소금기에서 나온다. 부당한 세계에 맞서는 자아의 정당성이 없다면, 패배가 자명한데도 실존의 벽에다 하염없이 머리를 찧는 주체가 없다면, 비애와 그리움의 정서는 생길 수가 없다. 자아는 끊임없이 고향으로 돌아가려 하지만, 울며불며 매달려도 세계는 쉽게 보내주지 않는다. 세계는 고향을 기억과 환상의 감옥에다 가두기도 한다. 고향이 실재하지 않으니 그리움은 더욱 커진다. 이런 불가피한 슬픔과 당연한 그리움이 현실성과 상관없이 작품 내부의 논리를 떠받치고 있기에, "돌들의 이마"에 "적의의 뿔"(「뿔의 뿌리는 슬프다」)이 돋고, "빗줄기의 한

117

쪽 끝을 물고 새 날아"(「비」)가고, "누가 만리 밖에서 또 젖고 있"(「슬픔은 물로 된 불인 것 같다」)음을 감지하는, 일상에서는 일어나기 힘든 정황이 나와도 그다지 어색하지 않다. 자아는 결코 세계를 이길 수 없는 약자이기 때문에, 오히려 손쉽게 공감대를 형성하여 모든 사물을 제어하는 권력을 행사하는 셈이다.

물론 문인수 시인은 이 막강한 권력을 다시 눈물에다 바친다. 당시 시인에게 존재란 곧 비애며, 실존의 정황은 고향 상실인 까닭이다. 셋째 시집을 펴낸 1992년은 시인이 신문사 교열부 기자로 해포를 넘기면서 안정기로 접어들던 때였다. 그러니 셋째 시집까지 작품들은 길고 긴 백수 시절의 방황과 고뇌, 온갖 설움과 울분으로 뒤범벅이 될 수밖에. 군복무를 마치고 20년 세월 거의 스무 가지의 직종을 옮겨다니며 현실과 이전투구하고 실업의 나날을 견디었으니, 가슴에 돋은 "적의의 뿔"이 되레 자기 심장을 찌르는 절망과 회한이 어뗘하였겠는가. 실존의 벽을 할퀴며 남몰래 통곡을 하여도 억누를 수 없는 분노와 증오는 또 어찌 감당했을까. "긴 빗소리 밤새도록 다 풀려나"(「빗소리는 길다」, 『세상 모든 길은 집으로 간다』)도록 끝끝내 씻지 못한 설움이 남아 온몸의 세포를 적시었으니, 문인수 시인의 초기 시편은 비애의 심연에서 헤어나기 어려웠다.

그러나, 비애가 깊을수록 카타르시스 또한 강력한 법. 덧나고 덧난 상처가 쉽게 낫진 않겠지만, 일단 마음을 풀어내어 눈물 철철 흘리고 나면 속이나마 후련해지게 마련. 격렬한 마음을 글로 표현하여 발산하는 카타르시스는 심리치료의 한 방법이기도 하다. 그동안 내뱉은 해타(咳唾)가 세 권이나 되니, 울분의 진물이 마르고 절망의 딱지도 떨어지고, 마침내 상처가 아물어 흉터가 잡힐 만하지 않은가. 이 흉물이야 평생 따라붙는 서글프고 고통스런 시의 씨앗으로 남겠지만, 눈물이 잦아들고 감정이 숙지면 시의 표정이라도 달라질 터. 게다가 오랜 직장생활이 글자를 매만지는 기꺼운 일이고 생존을 압박하는 갈등도 크지 않았으니, 칠팔년을 기다려 묶은 넷째 시집 『홰치는 산』(1999)이 다른 모습을 띠는 건 당연지사. 시인과 거리가 가까운 고향을 다룬만큼 첫시집의 한 구절처럼 "찔끔찔끔 눈물나"(「고향점묘 3」)는 일도 많을 텐데, 시인은 거의 눈물을 비치지 않는다. 애이불비(哀而不悲), 비통한 심사가 시의 뒤편으로 스며들면서 시인과 화자 사이에 조금씩 틈이 벌어진다.

이 틈을 비집고 대상이 객관의 머리를 내민다. 온통 빗소리에 감기고 눈물에 젖는 둘째 시집에도 「가뭄」처럼 객관 묘사뿐인 드문 예외가 있다. 여전히 주관의 힘이 강하긴 하나 셋째 시집에는 대상을 대상으로 받아들이는 진술이 곳곳에 나온다. 시인의 정서를 의탁하되 대상의 본래 속성을 정확히 파악하여 묘사함으로써 화자와 대상 사이의 거리를 적절히 유지하려 애쓴 흔적이 뚜렷하다. 시인과 화자는 대상에서 한걸음 떨어진다. 아직 자아의 권력을 부정할 수 없으나 일부 작품에서는 대상의 지배권을 대상에게 돌려준다. 그중 「오징어」는 단연 압권이다. 절망과 좌절의 눈물이 분노와 전복의 힘으로 용솟음치고, 그 역동성에 밀려 어두운 현실이 "푸른 바다"로 탈바꿈한다. "억누르고 누른" "핏기 싹 가신" "냅다, 불 위에 눕는" 부정성은 당당한 어조와 통사구조의 견고한 반복에 실려 긍정성의 부정정신으로 바뀐다. 물론 시인의 정서와 사물의 속성이 일치하기 때문에 가능한 일이지만, 초기 작품에서는 보기 드문, 대상의 반란, 사물의 독립선언이다.

억누르고 누른 것이 마른 오징어다.
핏기 싹 가신 것이 마른 오징어다.
냅다, 불 위에 눕는 것이 마른 오징어다.

몸을 비트는,
바닥을 짚고 이는 힘.

총궐기다
하다못해 욕설이다.

—「오징어」 부분

따지고 보면 마른 오징어에는 엄청난 비애가 숨어 있다. 그럼에도 왜 눈물 냄새가 나지 않는가? 눈물은 왜 비탄으로 떨어지지 않고 "몸을 비트는,/바닥을 짚고 이는 힘"으로 불타오를까? 가장 두드러진 형식상 변화는 삼인칭의 등장. 일인칭이 물러나고 그 자리를 삼인칭이 차지함으로써 문인수의 시는 일대 변혁을 일으킨다. 『홰치는 산』은 이후 문인수 시의 기본구도를 결정짓는 분수령이 되었다. '방울음산'은 이때 벌써 꼭지들을 잉태한다. 우주가 고요히 오줌을 누는 소리도 방울음산 아래 잘 들린다. 묘사의 힘은 고향에서 발원하여 강원도 정선(『동강의 높은 새』)을 휘돌아 인간의 삶터 구석구석 퍼져나간다. 슬픔은 언제나 현재진행형이어서 일인칭은 평면 위로 움직이지만, 삼인칭은 "시간의 질긴 근육"(「오징어」)이 겹으로 쌓인 입체의 시공을 창조한다. 입체가 생성하는 이 독특

한 시공간이 방울음산과 정선, 꼭지와 우주, 그 아득한 거리를 하나로 엮는다.

　시인이 일인칭의 괴로움을 버리고 삼인칭의 그늘에 숨어들어 찾아낸 첫째 화두는 눈물맛. 『홰치는 산』에서 『동강의 높은 새』(2000)와 『쉬!』(2006)를 거쳐 이번 시집 『배꼽』에 이르기까지 삼인칭이라 하여 실존의 조건이 일인칭일 때와 다른 점은 없다. "온갖 적의와 자해의 시간이"(「가시연꽃」), "생업의 오랜 무게가" 여전히 삶을 "험하게 비틀어놓"(「팔월」, 『홰 치는 산』)는다. 삼인칭이 건너야 할 실존의 구렁텅도 만만치 않으니, 세계와 자아의 골도 그만큼 넓을 듯하다. 그러나, 삼인칭은 단지 바라보기만 하는 제한 시점에 존재하기 때문에, 눈물로 모든 존재를 움켜쥘 수가 없고 절망으로 가꾸는 윤리의 소금밭에 들어가기가 어렵다. 비록 매춘이 아니면 생존을 보장할 수 없다 하더라도, 부당한 세계를 부당한 방법으로 넘어서는 삼인칭을 비애의 윤리로 감싸기는 힘들다. "봄에 썩지 않는 절망은 없"(「복사꽃제」, 『홰 치는 산』)다는 경험의 보편성이, "그 어떤 절망에게도 배꼽이 있"(「배꼽」, 『배꼽』)다는 거의 신념에 가까운 인식이, 비애의 자리를 대신하여 삼인칭을 보좌할 따름이다. 눈물을 퍽 쏟아내어 카타르시스에 이르는 방법은 삼인칭엔 걸맞지 않다. 눈물은 이제 짜지 않다.

오, 달빛 비린내가 난다.
이 달빛 언제나 청보리 냄새가 난다.

달 뜨자 방올음산 꼭대기 불쑥 솟아서
방올음산 아래 가문 들녘 훤히 눕다.
청보릿골 겹으로 깔고 달빛 덮고
달빛에 꿈틀꿈틀 청보릿대 비벼넣는,
그런 일이여 그런 일의 땀몸, 찝찔한 비애여.

오월 춘궁이 있었다.
몸 팔아 새끼들 먹인 그 여자가 있었다.

이 달빛 어디서나 방올음산 세우고
산 아래 척박한 땅,
그 풀빛 비릿한 눈물맛 풍긴다.
　　　　　　　　　　　—「매춘」 전문(『홰치는 산』)

　"비릿한 눈물맛", 눈물은 짜지 않고 비리다. 일상어법
에서 '비리다'는 부정성이 강하다. 냄새와 맛이 비위에

거슬리기 때문이다. 하지만 긍정으로 쓸 때도 있다. 귀한 고기반찬 덕분에 밥을 잘 먹는다는 뜻으로, '비린 게 있어야지'처럼 말한다. 이때 비린내는 생명을 상징한다. 「매춘」의 1연에서도 비린내는 달빛과 청보리 같은 밝은 이미지와 인접하면서 생명의 냄새를 품는다. 2연 1~2행은 비릿한 섹스가 우주의 생명성을 배후에 깔고 있음을 암시한다. 그렇다고 매춘의 "찝찔한 비애"가 사라지는 건 아니다. 보리가 익으려면 아직 몇고개 더 넘어야 하는 춘궁, 눈앞에 출렁이는 보리밭을 두고도 겉보리 두어 되에 몸을 팔아야 하는 이런 지랄 같은 일이라니. "하염없이/명치 끝 치밀며 원·한이"(「매춘 1」) 일어 가슴을 저밀 수밖에.

"비릿한 눈물맛"은 이렇게 부정성과 긍정성을 동시에 안고 있다. 짠맛의 평면성과는 그야말로 맛이 다르다. 청보리밭은 불륜의 밀실이자 생명의 움터. "몸 팔아 새끼들 먹인 그 여자"는 무죄며 유죄다. 간통의 부정성이 없다면 자식을 살리는 긍정성 또한 있을 수 없다. 이 양면성이 슬픔의 미학을 생명의 미학으로 끌어올린다. 『동강의 높은 새』는 "넝쿨의 끝말은 다만 어리고 비린 물음표"(「5월」)라 하여 새 생명을 앞세우고, 『쉬!』에 이르면 "송글송글 맺히는 피땀의 비린 생시"(「끝」)처럼 고된 노

동의 신성을 수반하며 "깨끗하고 참한 비린내"(「우렁각
시」)의 신생에 닿지만, 이 비린내는 "삶과 죽음의 냄새가
완전히 한패거리로 흐르는 통로"(「새」)에서 풍기는 "혹독
한 생의 냄새"(「싯타르를 켜는 노인」)다. 목숨붙이라면 다
들 피하고 싶어하는 죽음의 나락, 그곳이 또한 생명의 탯
줄이 자라는 이율배반의 자궁이기도 하다. 『배꼽』의 비
린내도 마찬가지 죽음과 신생이 맞부딪는 곳에서 흘러나
온다.

　　폐가는 이제 낡은 외투처럼 사내를 품는지.
　　밤새도록 쌈 싸먹은 뒤꼍 토란잎의 빗소리, 삽짝 정
　낭 지붕 위 조롱박이 시퍼렇게 시퍼런 똥자루처럼
　　힘껏 빠져나오는 아침, 젖은 길이 비리다.
　　　　　　　　　　　　　　　　　　　　―「배꼽」 부분

　'폐가―낡은 외투―밤―비―정낭―똥자루―젖은 길'
은 현실의 은유. 상황이 심상치 않다. 사내는 죽음에 가
깝다. 하지만 그것을 진술하는 방식과 수사는 생명의 따
스함과 역동성으로 신명을 낸다. '품는지―쌈 싸먹은―
뒤꼍 토란잎―(빗소리)―삽짝―조롱박―시퍼렇게―시
퍼런―힘껏―아침'은 소리부터 밝고 당당하다. 생명이

약동하는 이미지에 휩싸여 '빗소리'는 울음소리에서 신생의 소리로 승화한다. 그렇다고 사내의 처지가 단번에 달라진 건 아니다. 폐가는 "우거진 풀"이 덮고, 길은 여전히 젖어 있다. '비리다'의 의미망은 바로 이 지점, 부정과 긍정, 죽음과 신생의 경계선상에 포진한다. "그 어떤 희망에도 말 걸지 않은 세월이 부지기수"지만, "그 어떤 절망에게도 배꼽이 있"기에 "길이 비리"고 삶이 비리다. "시퍼런 똥자루처럼/힘껏 빠져나오는 아침"이라는 기묘한 표현은 부정과 긍정이 원래 둘이 아니라 등을 맞댄 하나임을 암시한다. 절망이 없으면 희망을 인지할 수 없다. 실존의 폐가가 있으니 조롱박이 신생의 꼭지를 매단다. 꼭지들의 배꼽은 실존의 수렁에다 태반을 둔 셈이다.

자본주의의 변방에서 겨우 존재하는 꼭지들은 이 실존의 배꼽을 공통분모로 이번 시집 『배꼽』에 모인다. 죽음을 짊어진 변두리 삶은 「매춘」처럼 처참한 몰골이다. '꼭지'나 개펄의 여인네들, 노점상과 노숙자, 장애인 라정식씨의 한살이를 곰곰 헤아려보면 말문이 막힌다. 「줄서기」는 음식물 쓰레깃더미를 들쑤시는 노파 뒤에서 "물끄러미 제 차례를 기다리는" 한 사내와 소 한 마리 개 한 마리가 해탈에 가까운 풍경을 연출하지만, 이 고요의 심해

에는 "썩어 문드러지도록 저마다 오래 다문 비명"이 잠복해 있다. 「막춤」은 "시꺼먼 고무치마 두르고 도심 인파 속을 오체투지 기어다니던 사내"와 공동어시장 바닥을 헤집는 문어의 운명을 겹쳐놓는다. 이들의 '막춤'은 결국 '나'라는 인간이 추는 실존의 발버둥이며, 인류 보편의 존재방식과 그 근본이 다르지 않다. 「뫼얼산우회의 하루」에서 평범한 우리의 이웃들을 어설픈 춤꾼으로 무대에 올려도 전혀 이상하지 않은 까닭이 바로 여기에 있다. 나도 당신도 문어와 "율동이나 스텝이 똑같"(「막춤」)다.

이렇게 절망의 막장을 헤치고 허무의 심연을 건너 삶을 견뎌온 꼭지들을 시인은 애틋한 눈길로 감싸안는다. 아마도 시인은 자신이 겪었던 "삼켜버리고 싶은 과거"(「흉가」)와 별로 다를 바 없는 절절한 삶에 저절로 마음이 끌렸을 터. 짜디짠 눈물에 푹 절었다가 비린내 풀풀 풍기는 삶을 만나니 온몸의 촉수가 한꺼번에 뻗쳤으리라. 그렇지 않다면 애써 자본의 가장자리를 전전하며 수많은 꼭지들을 찾아 마음을 보탰겠는가. 때로는 처참하게 때로는 담담하고 냉정하게 시의 표정을 바꾸면서, 안타깝고 한스럽고 포근한 손으로 실존의 배꼽을 어루만지는 시인의 마음이 『배꼽』에는 가득 차 있다. 막장의 삶을 그냥 지나치지 못하는 이 마음이 문인수 시의 근간이자 무

목적의 목적이다. 살려는 본능이 이 세상 어떤 힘보다 강함을 환기하려는 뜻은 그 다음이다. 오로지 견딤 하나만으로 운명과 싸워온 존재의 위대함도 그다음 문제. 아무런 저의도 없이, 인식 이전에 이미 온몸에 무르녹은, 인간 본연의 측은지심(惻隱之心)이 『홰치는 산』 이후 『배꼽』에 이르기까지 문인수 시의 밑자리를 두툼하게 돋운다.

측은지심의 우물은 "오래된 사원/꾸뜹미나르의 낡은, 동그란 우물"처럼 "아이를 옥죄는" 실존의 "싸늘한 굴레"(「굴렁쇠 우물」, 『쉬!』) 한가운데 파놓았다. 이 실존의 우물은 독거노인의 골목길로, 만금의 개펄로, 「벽화」의 '벽'으로, 서정춘의 흉터(「지네」)로, 「동백 씹는 남자」의 '춘궁', 「조묵단전(傳)」의 '똥무더기', 「얼룩말 가죽」의 '횡단보도', 「파냄새」와 「도다리」와 「막춤」의 '바닥'으로 겉모습을 바꾸며, "마지막 한방울까지 똑 떨어지려는 생"(「향나무 옹달샘」)을 더욱 어둡게 물들인다. "속을 다 파낸"(「식당의자」) 꼭지들이 죽음 앞에 쪼그려앉아 물끄러미 내려다보는 컴컴한 우물. 그러나, 맹자의 우물이 캄캄하게 깊어갈수록 측은지심은 한결 맑게 반짝인다. 부정성과 긍정성의 충돌은 보색대비처럼 또렷이 실존의 배꼽을 드러내기 때문이다.

우물로 기어가는 젖먹이를 보고〔見孺子將入於井〕 차마

그냥 두지 못하는 마음〔不忍人之心 —『孟子』〕은 법이나 의도에 구애받지 않고 인간의 내면에서 우러나온, "풍금처럼 흐르는 모법(母法)"(「얼룩말 가죽」)과 같다. 일찍이 부자(夫子)께서 인(仁)이라 명명한, 이 불인(不忍)하는 모법이 문인수 시의 큰 주제라면, 이를 구현하는 방법론은 견(見)에 들어 있다. 시인은 시인(視人)이요 견자(見者)라 하였으니, '본다'는 것은 단순히 대상을 바라보고 묘사한다는 의미를 넘어서 마음으로 깊이 꿰뚫어본다는 관(觀)의 범주까지 싸안는다. 보는 일은 삼인칭의 논리. 하지만 통찰의 눈은 대상 묘사에 안주할 수 없다. 죽음과 생명이 맞붙은 우물의 상징성과 어린아이라는 절대 순수의 상관관계는 근원에 닿는 마음의 눈이 없으면 읽기 어렵다. 결국 시인은 객관의 옆자리에다 전지시점의 의자를 마련한다. 「꼭지」와 「이것이 날개다」의 마지막 연처럼, 이 전지시점은 전지전능하나 무소불위의 권위를 내세우지 않는, 삼인칭의 객관성을 겸손하게 받아들여 절제할 줄 아는, 인간계로 적강(謫降)한 신의 시점에 가깝다.

문인수 시의 시점은 편편마다 다를 뿐 아니라 매우 복잡한 구조로 짜여 있다. 「꼭지」를 예로 들어보자. 1행에는 객관 묘사뿐이지만 2~3행에는 주관이 개입한다. 이 주관은 사실에 바탕을 둔 일인칭 화자의 진술에 가깝다.

4~6행은 다시 객관 묘사. 그다음, "바닥에, 기억의 끝이//
노랗다"는 인물의 내면을 말하는 전지시점이 분명한데,
이 대목이 시상의 흐름을 좌우하는 중요한 구실을 맡는
다. 다른 작품에서도 전지시점은 교묘하게 끼여든다.
"빨래판처럼 덜컹거리는 법감정이, 시꺼먼 길바닥이 문
득 흰 젖 먹은 듯 고요하다"(「얼룩말 가죽」)거나, "저 바닥
은 사실/혹한이 돌보는 셈이다. 얼거나 썩지 않겠다"(「파
냄새」)처럼 비유와 묘사에다 전지시점의 해석을 슬쩍 곁
들여 작품의 핵심이 무엇인지 내비친다. 때로 이 정체불
명의 화자는 서사의 서술자를 겸하다가 교술의 해설자로
변신도 한다. 진술시점과 발화자의 혼란은 시작법에서
당연히 경계할 점이지만, 문인수 시인은 전혀 어색하지
않게, 그런 이론 따윈 시시하다는 듯, 대상의 본질을 따
라 자연스럽게 흘러가도록 내버려둠으로써 오히려 작품
의 통일성을 유지하고 서정의 강도를 조절한다. 작품을
두고 분석하자면 복잡한 양상을 보이나 방법론의 근거는
의외로 단순한 편이다.

대교약졸(大巧若拙)이라 할 만한 이런 방법론으로 시인
은 '꼭지'의 범주를 다른 생물과 무생물까지 넓힌다. 인
간에게서 인(仁)을 찾기는 쉽지만, 사물에서 인을 얻기는
어렵다. 사물을 그 사물에 맞게 자유자재로 끌어안는, 관

자재(觀自在)의 존재를 설정하지 않으면 불가능한 일. 전지시점은 이런 데서 힘을 발휘한다. "상처의 눈은 그러니까 지독한 사시 아니겠느냐"는 통찰은 '도다리'의 특성과 꼭지의 의미를 정확하게 연결하지 않고는 나오기 어렵다. 전지시점의 화자는 '사시'에다 실존의 배꼽을 포개놓는다. '사시'는 "엄청난 수압"에 눌려 회복할 수 없는 실존의 상처인 동시에 "바닥을 치면서"(「도다리」) 솟아오를 마지막 생명줄이다. "젖어도 젖을 일 없는 전문가"(「식당의자」) 또한 면밀한 인식을 거치고서야 가능한 해석이다. 가치중립으로 존재하는 사물, 특히 의자처럼 인간의 목적이 존재에 앞서는 인공물인 경우, 화자의 시선이 의미망의 영역을 거의 결정하기 십상이다. 「책임을 다하다」 「비둘기」 「쇠똥구리 청년」 「향나무 옹달샘」 「낡은 피아노의 봄밤」은 "죽음은 그 어떤 삶도 놓치지 않고 깨끗하게 챙긴다"(「막춤」)는 전지시점의 에스프리를 다시 한번 확인함으로써 사물을 인간과 대등한 본디 자리로 끌어올린다.

문인수 시의 형식은 의도한 정교함보다 온몸에 밴 자연스러움에서 나온다. 대상을 보는 기관은 두 눈이 아니다. 시인은 꼭지를 온몸으로 받아들인다. 온몸이 때에 맞게 시의 형식을 창출한다. 『홰치는 산』에서 힘써 마련한 객관의 자리는 작품을 지탱하는 뼈대로서, 내용의 핵을 구성하는 전지시점과 행복하게 동행하며 화자의 한계를 제거한다. 『동강의 높은 새』에서 절차탁마한 정치한 언어는 『쉬!』를 거치며 이야기하듯 하소연하듯 흐르는 말길에 자리를 물려준다. 문인수 시의 제재가 풍광에서 삶으로 바뀌었음을 형식이 먼저 말하는 셈이다. 그렇다고 방만하게 늘어지지도 않는다. 신축성이 커서 한마디로 규정하기 어렵지만, 부정과 긍정이 밀고 당기며 화해하는 서정의 기본 골격이 여전히 작품을 떠받치고 있다. 어쩌면 복잡하면서도 단순하고, 거칠면서도 자연스러운 이런 형식이 인(仁)을 담는 가장 적절한 그릇, 대교약졸의 그릇인지 모른다.

인에는 속도가 없다. 인은 만물에 녹아 있으니 한곳에서 다른 곳으로 옮아갈 필요가 없기 때문이다. 반면 자본은 끊임없이 움직이는 까닭에 그 중심에 들어가려고 안간힘을 다하는 현대인은 하염없이 에돌아가는 인의 정신을 쓸모없는 관념쯤으로 여긴다. 문인수 시인은 우리 시대가 내다버린 인을 시의 중심에 세움으로써 욕망의 가속도에 휩쓸린 존재들에게 거듭 삶의 의미를 묻는다. 가는 듯 마는 듯 더디게 움직이는 꼭지, 비릿한 실존의 배꼽을 움켜쥔 꼭지, 삶이 한줌밖에 남지 않은 꼭지들이 쓴

『배꼽』은 거대한 자본의 톱니바퀴에 제동을 거는 시집이다. 그렇다고 멈출 수 있는 건 아무것도 없지만, 도로아미타불처럼 보이는 이 일이 곧 시인의 책무며 시의 윤리임을 시인은 온몸으로 감지한다. 시인은 속도를 줄인다. 자본의 가장자리를 느릿느릿 더듬으며, 온몸을 "요가처럼 비틀어 날개를 펼쳐낸"(「식당의자」) 꼭지들의 삶을, 이 땅의 필부필부가 떠받쳐온 역사의 아랫도리를, 자본의 성채에다 천천히 부려놓는다.

자본의 한가운데로 들어선 「얼룩말 가죽」의 할머니는 꼭지들의 속도를 가늠하게 해준다. 할머니는 거지 성자 행차처럼, 말랑말랑한 "얼룩말 가죽" 같은 "호피 같"은 "법원 앞 횡단보도"를, 애터지게 느리게, 건너가신다. 법의 심장 꼭꼭 밟으며, 자본의 음모 하나하나 헤치며, "흑, 백, 흑, 백," 횡단보도 "신호등/빨간 불빛 따위 아랑곳없이" 걸어가신다. 성스러운 의식인 듯, 실존의 배꼽 위에, "삶의 마디마디에" "콕. 콕. 콕. 빠짐없이 매우매우 중요하다"(「비둘기」)고, 방점을 찍으신다. 자본의 가속도에 길든 무수한 눈들에 '모법'의 젖을 뿌리며, 느리게, 애터지게, 시인도 온몸이 '사시'가 되어 함께 걸어간다.

쉬~! 우주가 다시 한번 조용하겠다.

金楊憲 | 문학평론가

■
시인의 말

절경은 시가 되지 않는다.

사람의 냄새가 배어 있지 않기 때문이다.

사람이야말로 절경이다. 그래,

절경만이 우선 시가 된다.

시, 혹은 시를 쓴다는 것은 그 대상이 무엇이든 결국

사람 구경일 것이다.

사람의 반은 그늘인 것 같다.

말려야 하리.

연민의 저 어둡고 습한 바닥,

다시 잘 살펴보면 실은 전부 무엇이냐.

내가 엎질러놓은 경치다.

2008년 4월

문인수

창비시선 286

배꼽

초판 1쇄 발행 / 2008년 4월 10일
초판 13쇄 발행 / 2025년 7월 24일

지은이 / 문인수
펴낸이 / 염종선
책임편집 / 박신규
펴낸곳 / (주)창비
등록 / 1986년 8월 5일 제85호
주소 / 10881 경기도 파주시 회동길 184
전화 / 031-955-3333
팩시밀리 / 영업 031-955-3399 편집 031-955-3400
홈페이지 / www.changbi.com
전자우편 / lit@changbi.com

ⓒ 문인수 2008
ISBN 978-89-364-2286-8 03810